W0382044

Ma vie de BOLOSSE

Dominique Souton

Ma vie de BOLOSSE

G

Illustré par Gabriel Gay

l'école des loisirs
11, rue de Sèvres, Paris 6e

© 2017, l'école des loisirs, Paris
Loi n° 49.956 du 16 juillet 1949 sur les publications
destinées à la jeunesse : août 2017
Dépôt légal : août 2017
Imprimé en France par Gibert Clarey Imprimeurs
à Chambray-lès-Tours (37)

ISBN 978-2-211-23508-2

Tout le monde le sait, mais je préfère le rappeler, le collège se divise en classes.

1) Tout en haut, les populaires, qui dirigent leur petit monde.

2) Au milieu, les normaux, la grande masse des collégiens, des gens sympas qui ne la ramènent pas trop.

3) Et en bas, les bolosses, ou encore les invisibles, qu'on n'entend jamais et qui servent de souffre-douleur. Comme moi.

Dans tous les collèges, c'est comme ça. Chez nous, à Nicolas-Hulot, il y a 365 élèves. Sauf quelques populaires, les autres sont tous normaux, je suis à peu près le seul bolosse.

Pourquoi moi ?

Chaque bolosse a son histoire. Au CM2, j'ai été malade : des crises d'asthme à répétition, qui m'obligeaient à rester à la maison. Mes parents ont engagé un étudiant en maths pour me garder. Comme on n'avait rien de spécial à faire, on a fait des maths. Quand je revenais à l'école, j'étais décalé. Je n'avais pas le bon vocabulaire, je ne portais pas les bons vêtements, je ne m'intéressais pas aux choses qu'il fallait : j'ai loupé une saison entière de chasse aux Pokémon. Une année a suffi pour faire de moi un bolosse. Voilà : blouson de jean doublé faux mouton, cheveux longs, épaules voûtées, quand je m'assois, je croise la jambe deux fois : sur la cuisse, puis sous le mollet. Mes baskets me font de grands pieds, d'ailleurs j'ai de grands pieds. Quoi d'autre ? Je suis nul en anglais, je me débrouille en maths. Et puis je traîne le même sac à roulettes depuis le CM2. Les roulettes, parce que je suis vite fatigué, un reste d'asthme ! À présent ça va mieux. Mais un gros effort, une montée d'angoisse ou de stress, et je dois vite aller récupérer à l'infirmerie.

– Comment ça va aujourd'hui, Félix ? Dis donc, il est chouette ton T-shirt.

Mme Perdrix, l'infirmière, est la seule à ne pas me considérer comme un bolosse. Je crois même qu'elle me trouve cool, haha.

Pas la peine de chercher, je n'ai pas d'ami.

Le matin, quand j'arrive au collège et que je mets un pied dans le hall ou la cour, je suis entouré de garçons et de filles qui courent se retrouver, se sautent dessus, se tapent dans le dos, se serrent dans les bras, se passent la main dans les cheveux les uns des autres, qui s'embrassent et qui rigolent, pressés de se raconter des trucs qu'ils ont oublié de se dire la veille.

– Salut, je tente en direction de Kevin Roset, un garçon de la classe qui porte un sweat Gizmo (le plus gentil des Gremlins).

– Bonjour, je dis à Hugo Rohmer, un autre garçon de la classe, mains dans mes poches fourrées.

– Hallo, je lâche à Bilal Assaoui, en rejetant mes cheveux derrière les épaules.

– Hé, je lance au dernier, Justin Berthelot.

Rien.

Ils continuent de parler entre eux, comme s'ils n'avaient pas entendu. Kevin Roset, Hugo Rohmer, Bilal Assaoui et Justin Berthelot sont toujours ensemble et forment une bande. J'aimerais faire partie d'une bande. Si je faisais partie d'une bande, je serais normal. Seul Kevin Roset (Gizmo) se retourne. Quand il voit que c'est moi, il revient à ce qui l'occupait.

– Alors, mon chéri, comment ça s'est passé aujourd'hui ? s'informe maman quand elle rentre du travail.

Je préfère Félix, mais ma mère persiste à m'appeler *mon chéri*.

– Est-ce que tu sais que…

Et plutôt que de raconter ma journée de bolosse, je lui parle dinosaures, une passion qui date du CM2, l'année où je suis devenu bolosse, justement.

– Est-ce que tu sais que la disparition des dinosaures est due à la conjonction de trois événements quasi simultanés ?

– Comment ça ? s'intéresse maman.

– La chute d'un astéroïde de dix kilomètres de diamètre, les éruptions d'un super volcan et des mouvements marins qui ont plongé la Terre dans l'obscurité et le froid.

– Quelle horreur ! dit maman en mettant un goûter sur la table.

Calories = énergie.

– Comment ça s'est passé aujourd'hui, mon grand ? demande papa quand on se retrouve au dîner.

Mon grand non plus, ça n'aide pas.

– Figure-toi que trois paléontologues ont publié une étude selon laquelle les dinosaures auraient en réalité commencé de disparaître quarante millions d'années avant leur extinction, une disparition progressive provoquée par la séparation des continents et une forte activité volcanique.

Je l'ai dit, les dinosaures, un truc de bolosse.

Aujourd'hui est un autre jour et, comme les précédents, je passe le portail, je traverse le hall. Arrivé dans la cour, je tombe sur Kevin Roset. Et puis ses potes, Hugo Rohmer, Bilal Assaoui et Justin Berthelot. Facile, ils ne se quittent pas.

– Bonjour, je lance à la volée.

Comme j'ai l'habitude de le faire, une main dans la poche, l'autre sur la poignée de mon sac à roulettes, sans attendre grand-chose en retour.

– Ah, bonjour Félix, me répond quelqu'un.

Quelqu'un m'a dit bonjour ? Je sors la tête de mes épaules : Kevin Roset m'a dit bonjour ? Trop content. Demain, je recommence.

Aujourd'hui, je fais comme hier.

L'air de rien (facile pour un bolosse), je rejoins Kevin Roset et ses potes Hugo Rohmer, Bilal Assaoui et Justin Berthelot qui bourrent leurs affaires dans les casiers. Je m'apprête à saluer à la ronde quand Kevin Roset sort la tête d'un placard métallique :

– Salut Tomassin.

Tomassin, c'est moi.

J'ai un copain !

Mon premier copain (en y réfléchissant, j'arrive à me souvenir d'une fille qui prenait ma défense en CM2, mais c'est tout). Je balance un « Salut, les gars ! » général, mains fourrées dans mes poches fourrées, décontracté. Rien ne bouge du côté de Hugo Rohmer, Bilal Assaoui et Justin Berthelot. Je ne suis pas le copain des copains de mon copain. Tant pis, j'ai un…

J'AI UN COPAIN. J'AI UN COPAIN. J'AI UN COPAIN. J'AI UN COPAIN.

– Génial, gémit maman, quand je lui raconte. Et elle me donne cinq euros pour que j'achète des bonbons à mon nouvel ami. Une vraie bolosse.

– Tu veux des bonbecs ? j'arrive à peu près à articuler en retrouvant Kevin Roset, avec sa bande, dans le hall du collège.

Justin Berthelot, Hugo Rohmer, Bilal Assaoui et Kevin Roset, tous m'attendent à la sortie. Apparemment, tout le monde aime les bonbons. Direction le bar-tabac de la place de l'église, le plus grand choix de la ville : un mur entier de sucreries en vrac. Une pince attend au bout d'une ficelle sous une affiche : « Par mesure d'hygiène, utilisez-moi pour vous servir. » Kevin Roset attrape la pince, fait son choix, saisit sa proie, la laisse tomber dans le bol de plastique, passe l'instrument à son voisin. À la caisse, la dame prend nos bonbons avec les doigts – tant pis pour l'hygiène – et les fourre un à un dans un sac en papier, en comptant :

– Soixante-dix centimes, un euro cinquante, deux euros trente…

Je donne les cinq euros, je ramasse le sac, et on se retrouve dehors pour se répartir le butin, au pied de l'église. Puis on remonte tranquillement la grand-rue en comparant nos bonbecs : un œil pour Kevin Roset, des dents de vampire pour Hugo Rohmer, une tarentule géante pour Bilal Assaoui et une pizza merguez pour Justin Berthelot. J'ai pris un œil pour faire comme mon copain. Un œil gros comme un œuf, tout blanc, avec des veines rouges et un iris vert. Arrivés au bout de la grand-rue, on croise un groupe. Des filles. Non, des meufs. Chez les normaux, on ne dit pas *fille* mais *meuf*. Mon nouveau copain et les copains de mon copain baissent la tête.

– Regardez pas ! dit Hugo Rohmer.

On continue de causer, en fixant nos pieds. Une conversation d'ordre général : apparemment, je suis le seul à aimer ce qui est mou, sucré, ou tendre, je suis le seul par exemple à manger des boules coco guimauve, les autres préfèrent les bâtons acides cola et les fraises citriques. Ben oui, je suis un bolosse.

– Salut, lance une des filles, non des *meufs*, depuis le trottoir d'en face.

On continue de regarder nos pieds et de discuter. L'un d'entre nous a vu une affiche, apparemment il faut manger cinq bonbons par jour. Bizarre. Quelqu'un rectifie : ce n'est pas cinq, mais dix bonbons par jour. Exact, cette fois, on s'en souvient.

– Hé, Kev ! hurle une des filles en s'adressant à mon nouvel ami. Tu me passes un bec ?

– Gonflée, la meuf, fait remarquer tout bas Hugo Rohmer.

Tout le monde est de son avis.

– ALLEZ ! insiste-t-elle. KEVIIIN !

– Elle est lourde, là, dit Bilal Assaoui.

Mais Kevin, tout raide, tout rouge, traverse la rue pour se planter devant elle, et, sans un mot, comme s'il n'était plus lui-même, tend sa paume à la fille, non, la meuf. Le pauvre semble manquer d'air, il est tout congestionné. Au milieu de sa paume, la grosse boule blanche.

– Merci, mon Kevin, piaille la fille, en lui arrachant son œil.

Mon Kevin !

Les copains de mon copain regardent la scène avec des têtes d'émoticônes gênées. La fille gobe l'œil de Kevin d'un coup d'un seul, ça lui fait une joue énorme. Elle rigole, bouche pleine, ses copines se marrent aussi. Un rire nerveux, ou moqueur. De la bave blanche coule le long du menton de la fille, non, la folle. Le blanc de l'œil.

– C'est qui ? je demande, une fois la folle partie, en rejetant mes cheveux en arrière pour qu'ils ne touchent pas mon gros bonbon collant.

– C'est qui ? répète Hugo Rohmer, en se marrant.

– Ben, Vanille Beaufort, lance Justin Berthelot, la bouche pleine de pizza.

– Le bolosse ! soupire Bilal Assaoui, en jouant avec sa tarentule dont il a mangé la plupart des pattes.

Kevin Roset ne dit rien, tétanisé, touché, ébranlé. Apparemment, Vanille Beaufort est la fille la plus populaire des cinquièmes, et peut-être même du collège entier. Populaire, ça veut dire que tout le monde l'aime, tout le monde la respecte, et même la craint. Le contraire du bolosse, le contraire de moi. Sur Wikipédia, on trouve l'origine du mot *bolosse*. *Bolosse*, ou *lobos*, en verlan, vient de *lobotomisé*. Quelqu'un à qui on a enlevé le cerveau. Une autre explication dit qu'il s'agit d'un mélange de bourgeois et de lopette. Quelqu'un à qui il est facile d'extorquer de l'argent. La prochaine fois, je garde mes cinq euros.

Maman me demande si tout s'est bien passé avec mon nouvel ami. Je lui réponds que oui, et même maintenant j'en ai quatre. Quatre nouveaux amis. Les amis de mon ami sont devenus mes amis.

– Génial !

Il faudrait que j'arrête de parler de ma mère. Il faudrait aussi que j'arrête de parler *à* ma mère.

Je retrouve mes potes dans la cour du collège. Tous aujourd'hui semblent bien disposés à mon égard (l'effet bonbecs !). On bavarde un moment, enfin eux, pas moi, une histoire de cocktail chelou et de pari. Trois euros par personne à qui boira le truc chelou, yeux bandés, sans en connaître la composition. Personne n'a envie de le faire. On dirait qu'ils savent de quoi ils parlent.

– Moi, je veux bien… je dis, pour faire plaisir à mes nouveaux copains, mains fourrées dans mes poches fourrées.

– C'est vrai ? demande Hugo Rohmer, incrédule.

– Haha, se marrent déjà Bilal Assaoui et Justin Berthelot.

– T'es sûr ? insiste Kevin Roset avec une tête d'émoticône inquiète.

Pourquoi pas ? Je mime avec une grimace, en bascule sur les talons et en ouvrant les pans de mon blouson… Rendez-vous est pris pour le soir même, à la sortie : pourquoi attendre ? La sonnerie retentit et on se dirige en groupe vers l'escalier, moi avec eux. Comme si je faisais partie de la bande, comme si j'étais normal.

– Trop envie de boire ce cocktail chelou ! je répète une fois, pour m'en persuader.

Aïe ! Quelqu'un squatte l'escalier.

– Alors, le bolosse ? m'interpelle ce quelqu'un, nous barrant le passage.

– C'est Jésus, je souffle à mes nouveaux camarades, comme s'ils ne le connaissaient pas.

Tout le monde connaît Jésus Morteau, mais moi plus que tout le monde. Pour la raison qu'il s'intéresse à moi. Jésus Morteau ne fait partie d'aucune catégorie que j'ai déjà citée : il n'est pas populaire, pas normal non plus. Il redouble sa troisième, et ça n'est pas la première classe qu'il redouble. À la réunion d'information générale du collège au début de l'année, il est resté au fond, capuche sur la tête, à se lever, à changer de chaise et à faire du bruit toute la séance. Les parents n'entendaient rien de ce que disait le principal, ils devaient se demander les uns aux autres ce qu'ils avaient manqué, pour compléter sur leur cahier (les bolosses).

– Un petit shampoing ? lance Jésus.

Jésus s'adresse à moi. Qui d'autre ?

Mes nouveaux camarades me jettent un regard angoissé. Ils ne savent pas ce qu'est un shampoing. Ou plutôt si, ils ne savent que trop ce qu'est un shampoing.

– Alors ? relance Jésus.

Attention, il ne faut surtout pas répondre à Jésus Morteau. Il faut faire profil bas ou le dos rond. Ni oui ni non.

– Pas de problème, je rassure les autres, quand Jésus est reparti, libérant le passage au flux des collégiens.

Le shampoing était une suggestion. Il aurait tout aussi bien pu me proposer une brûlure indienne ou une mise à l'air. Rien de dramatique. Les quatre font une drôle de tête, surpris et heureux qu'il ne se soit rien passé, quand même troublés à l'idée de ce qui aurait *pu* se passer.

– Alors qu'est-ce qu'il y a dans ce cocktail chelou ? je demande, cool, quoi.

Pas de réponse. Jésus Morteau leur a fait peur.

– Ben alors, qu'est-ce que vous attendez ? Je veux le boire, moi, ce truc chelou ! je recommence le soir, à la sortie.

Mais l'ambiance a changé. Chacun rentre chez soi de son côté, tant pis pour le pari. Plus personne n'a envie de rigoler, ils sont mortifiés (un mélange de morts et de terrifiés).

Kevin Roset m'attend dans le patio, un préau couvert où le professeur de SVT essaie de faire pousser des choses qui ne semblent pas vouloir pousser. Oui, c'est lui, planté parmi les trognons de salade, les palmiers d'ananas, les noyaux d'avocat, les gousses d'ail, les graines de tomates dans des demi-bouteilles plastique. Un peu plus loin, Hugo Rohmer, Bilal Assaoui et Justin Berthelot discutent entre eux et font semblant de ne pas me voir.

– J'ai une mauvaise nouvelle, m'annonce Kevin Roset, tête dans les épaules, menton sur la poitrine, gêné.

– Ah ? je demande en m'approchant.

– Ce qu'il y a… commence Kevin, embarrassé.

– Oui ?

– Ça me gêne de te dire ça, mais…

– Vas-y, dis-je. J'ai l'habitude.

J'écoute sans écouter, en examinant les trognons tout secs, les noyaux pourris et les gousses moisies. Je sais déjà ce qu'il a à me dire.

– Tu comprends ? me demande Kevin, quand il a fini de m'expliquer.

Alors voilà : Justin Berthelot, Hugo Rohmer et Bilal Assaoui ne veulent pas de moi dans le groupe. Pourquoi ? Apparemment, c'est la honte d'être vus avec moi. Pourquoi ? Mes cheveux, mes fringues, mes roulettes, je salue tout le monde, tout quoi ! Je suis un bolosse, et il suffit d'un bolosse dans un groupe de normaux pour faire d'un groupe de normaux un groupe de bolosses. Je pourrais même leur attirer de graves ennuis.

– On n'a rien contre toi, Félix… ajoute Hugo Rohmer en s'amenant vers nous.

– Mais on ne peut pas non plus se permettre de traîner avec toi, dit Bilal Assaoui en écartant les bras dans le vide, en signe d'impuissance, désolé. Trop risqué.

– Ouais, ça craint trop, conclut Justin Berthelot.

Ils pensent à Jésus Morteau et à son shampoing. Je hoche la tête, j'ai compris.

– Alors, les têtards, on attend d'avoir des pattes ? lance quelqu'un depuis les escaliers.

On se retourne tous d'un même élan. En haut des marches, par-dessus la rambarde, un rideau de cheveux longs et blonds. Une meuf. Et pas n'importe quelle meuf : Vanille Beaufort. Vanille Beaufort et sa bande, Chloé Delaballe et Nine Taratata. Toutes mortes de rire.

Cette fois, c'est plié.

Impossible de me lever ce matin, et une fois levé, je ne trouve pas mon T-shirt, ni mes chaussettes, ça me prend du temps pour m'habiller. Perdre autant d'amis d'un coup m'a perturbé. Maman m'oblige à avaler un bol de céréales avant de partir. Tant pis pour le car de ramassage scolaire, elle m'accompagnera en voiture, avant de se rendre à la mairie, où elle travaille. J'arrive découragé dans le hall et me dirige vers mon casier. Je retrouve Kevin Roset et lui dis que j'ai bien compris : les autres ne préfèrent pas traîner avec moi… Mais lui ? Je dois savoir : veut-il encore être mon ami ? La tête dans son casier, Kevin me répond que oui. Un oui étouffé.

– Génial, je gémis.

Il s'explique : ce n'est pas qu'il y tienne particulièrement, mais Hugo Rohmer, Bilal Assaoui et Justin Berthelot préfèrent continuer à trois. Ils pensent qu'on aura plus de chance en deux groupes. Oui, la chance de nous fondre dans la masse et d'échapper à Jésus Morteau. Je suis maintenant le seul copain de Kevin Roset. Il n'a plus que moi, je n'aurai à le partager avec personne. Sous le coup de l'excitation, je lui demande s'il sait qu'il y a deux cent trente millions d'années les continents ne faisaient qu'un seul, un supercontinent qui s'était fractionné en deux, puis en plusieurs morceaux. Avec la dérive de ces continents, les dinosaures s'étaient dispersés aux quatre coins de la planète, jusqu'en Alaska.

Kevin me dit qu'il se fout des dinosaures, un truc de bolosse.

Puis, quelques secondes plus tard, il demande si après tout on ne serait pas un peu comme ces dinosaures qui se sont éparpillés avant de disparaître. Il ajoute aussi que, si je veux qu'on continue ensemble, il faut que j'arrête de dire *génial.*

– Génial, je couine, avant de me coller une main sur la bouche.

Le bolosse.

– Super, dit papa, le soir, à table.

– Qu'est-ce qui est super ? je demande.

– Eh bien, que ton nouvel ami te préfère à ses anciens amis.

C'est maman qui le lui a dit.

– En effet, voilà qui est courageux ! commente-t-elle.

À partir de maintenant, je dois rayer de mon vocabulaire celui de mes parents. Je ne dois plus dire *génial*, *super* ou *courageux*, *parents* non plus. *Darons* suffira.

– Qu'est-ce que tu veux faire ? me demande Kevin Roset, au téléphone.

– Rien, pourquoi ? je réponds.

– Ben, on est mercredi !

Avoir un copain est fatigant.

Avant, le mercredi après-midi me servait à récupérer du lundi et du mardi, ainsi qu'à faire des réserves d'énergie pour le jeudi et le samedi. Je prenais des nouvelles de *Tyrannosaurus Rex* sur internet, je faisais ou une deux expériences de chimie, tranquille. Une petite sieste devant *Jurassic Park,* en tétant un lait protéiné au chocolat à la paille, voilà à quoi ressemblait mon après-midi. Maintenant que je suis le seul copain de Kevin Roset, je dois faire des choses avec lui, ou il ira voir ailleurs. Les copains font plein de choses ensemble. Non, ils font TOUT ensemble. Du coup, je lui propose la visite du donjon. Le plus haut donjon d'Europe, datant du Moyen Âge, qui domine la ville. On a tous déjà visité le donjon, mais ma mère a des entrées gratuites à la mairie.

Maman me dépose devant, Kevin Roset est déjà là, on rentrera à pied. On lève la tête pour prendre la mesure de la tour :

– Cinquante-deux mètres, l'équivalent ou presque d'Amphicoelias ou de Spinosaurus, le plus grand des carnivores, je renseigne Kevin, tout en grimpant les marches.

– Je te l'ai déjà dit, je me fous des dinosaures, me renseigne-t-il à son tour.

Lui et moi sommes en pleine ascension, une cage d'escalier en pierre humide du Moyen Âge. Il fait noir, ou presque. Seules quelques meurtrières dispensent une maigre lumière (en langue du Moyen Âge).

– Allez, on y est presque, dit mon copain, arrivé au deuxième étage.

Une grande salle pavée, avec une rigole au milieu pour recueillir les eaux usagées : le salon du Moyen Âge.

– J'en peux plus ! je râle (l'asthme).

Kevin est d'accord pour faire étape, on se pose sur un banc de pierre, sous une autre meurtrière : la fenêtre du Moyen Âge. Je sors deux barres de céréales que maman a glissées dans mon sac (150 kilocalories chacune). Pas suffisant pour moi, je laisse Kevin grimper seul jusqu'au sommet.

– Quoi ! s'insurge Kevin.

Je l'attends, jambes croisées, menton dans la main, coude sur la cuisse, en rêvant. Apparemment, du dernier étage de la tour on voit la ville en bas, lovée dans un méandre de la rivière, et les champs vert prairie se dérouler et se fondre à l'horizon bleu azur (j'ai chopé ça dans un guide de tourisme qui vient de la mairie : le spectacle de la nature, ça ne m'intéresse pas).

– Génial, s'écrie maman en nous voyant entrer.

On avale le goûter qu'elle nous a préparé : mélanger huit petits suisses, une grosse cuillère de crème fraîche, deux cuillères à soupe de sucre glace et des fraises. Kevin Roset avale son bol avec une tête d'émoticône triste. Je vois bien qu'il est déçu. Déçu d'avoir perdu ses amis. Il a raison, je suis nul comme copain.

Le principal fait irruption dans la classe, en plein milieu du cours. Il veut nous présenter un nouveau, ou plutôt une nouvelle. Une fille, enfin une meuf. Il tient à ce qu'on lui fasse le meilleur accueil. M. Lodge, le prof d'anglais, ouvre grand les bras :

– *You are welcome here !* dit-il dans une langue qui m'est étrangère.

Toute la classe a les yeux fixés sur elle.

– *Take a seat please...* ajoute-t-il en désignant la classe. *I hope you will be happy with us !*

Je regarde les autres pour essayer de comprendre ce qui se dit et ce qui se passe. Je le rappelle, je suis nul en anglais. Han, la fille semble se diriger sur moi. Malheur : le prof lui a demandé de gagner une place libre, or la seule place libre est à ma table. La fille cherche à me dire quelque chose en s'asseyant, mais mes oreilles bourdonnent et je n'entends rien. Je veille à ne surtout pas croiser son regard et à me concentrer sur mon cahier, mes cheveux font un paravent. Le cours a repris son cours, et le prof cherche à présent quelqu'un dans la classe pour traduire la phrase : « Mon père conduit une voiture rouge. » Au hasard…

– Félix ?

Qui d'autre ? Je bafouille que, non, mon père n'a pas de voiture rouge. Tout le monde rigole, ça n'est pas la réponse que M. Lodge attend. La nouvelle lève le doigt.

– Oui, dit le prof.

– *My father has a red car*, dit-elle.

– Bien, commente le prof.

Apparemment, son père à elle a bien une voiture rouge. Le prof cherche déjà une nouvelle victime…

– Brad Meurisse ?

Un populaire. L'équivalent garçon de la fille Vanille Beaufort. Pauvre Meurisse. En classe, seuls les normaux sont à l'abri, les populaires comme les bolosses sont trop voyants.

À la cantine, il y a de la choucroute et de la bière. Mon copain et moi, on vient de trinquer ensemble, quand quelqu'un nous demande s'il peut s'asseoir. Qui ça ? La nouvelle, évidemment. Je plonge la tête dans mon assiette. Kevin Roset, dans son assiette, également. Plutôt que de nous laisser tranquilles, la fille insiste. Kevin Roset ne peut faire autrement, il lève les yeux. Je me concentre sur lui pour ne pas avoir à la regarder. Il bafouille un « non », ou plutôt un « oui ». La nouvelle tire la chaise à elle et se laisse tomber dessus. Puis elle défait sa veste, la glisse sur le dossier, se rapproche de la table, rassemble son couvert. On observe chacun de ses mouvements. Les filles sont comme les dinosaures dans *Jurassic Park*, quand on en croise une, on a beau avoir peur, on ne peut s'empêcher de rester planté là à la regarder. Et même, on ne peut détacher son regard. La nouvelle porte sa bière à ses lèvres.

– T'inquiète ! dit Kevin.

– Comment ça ? demande la fille.

– Pas de danger d'être bourré avec ça ! se marre Roset en levant son verre, avec une tête d'émoticône bizarre.

Toute rouge, bouche en zigzag.

– C'est clair, se marre la nouvelle, quand elle a bu.

Et lui, de se marrer pareil. Mon copain m'inquiète. Ah, la nouvelle s'appelle Wendy Perrin. Kevin Roset vient de le lui demander.

– Wendy ? Comme dans *Peter Pan* ? demande-t-il encore d'une voix menue.

Je le regarde, étonné. De nouveau cette tête d'émoticône toute rouge, bouche en zigzag. Le bolosse.

Après la cantine, on a maths. M. Gore est en train de copier un exercice au tableau. Il s'agit d'enlever les parenthèses inutiles et d'effectuer le calcul dans l'expression suivante : A = ((3 × 7) + (7 × 8)). Roset se penche vers moi, il veut savoir ce que je pense de…

– Chut ! je chuchote.

– Alors ? demande M. Gore, face à la classe.

Aïe, il sèche et cherche quelqu'un pour venir l'aider.

– Personne ?

Puis il semble heureusement recouvrer d'un coup ses esprits et commence de gribouiller au tableau :

– Soit : A = 3 × 7 + 7 × 8… ou encore A = 21 + 56… pour le résultat suivant : A = 77. Pas plus compliqué que ça !

– Ouf ! je soupire, soulagé.

– Alors, qu'est-ce que tu penses de Wendy Perrin ? me demande Kevin Roset, une fois dans le couloir.

– Qui ça ? je réponds.

Ah oui, la nouvelle ! Les filles ou les meufs, j'ai du mal à les distinguer les unes des autres et encore plus à me souvenir de leur prénom.

Incroyable, la nouvelle est là depuis deux jours et elle se ramène vers nous, à la récré, jusque dans le patio, où on a pris l'habitude de se réfugier, à l'aise entre les palmiers desséchés et les salades pourries. L'air de rien, comme si c'était normal. Je lance un regard à Kevin Roset. Ben quoi ? mime-t-il, en haussant les épaules et les sourcils, heureux, content. Il n'en revient pas que cette fille ait envie de traîner avec nous. Elle n'a peut-être pas compris qu'on était des bolosses.

– Qu'est-ce que vous faites mercredi ? questionne la fille.

Je me demande si j'ai bien entendu. Apparemment, oui. La fille veut savoir si on fait un truc mercredi et si on veut bien faire ce truc avec elle. Mercredi ? Notre jour de congé !

– On va au donjon. Tu veux venir ? lui propose Kevin, sans attendre.

– Carrément.

Carrément est une façon de dire oui pour les normaux.

– Pourquoi t'as fait ça ? je demande à Kevin, une fois la fille partie aux toilettes ou je ne sais quel endroit de filles, non, de meufs.

Il hausse les épaules :

– Ben quoi ?

Finalement, je décide de les laisser aller au donjon tout seuls. Je les attendrai à la maison. Mais la nouvelle n'est pas d'accord : on fait quelque chose ensemble ou on ne le fait pas. Kevin Roset ne dit rien, il n'en revient pas. Il a du mal à croire que la nouvelle veuille être notre amie.

– Génial ! dit ma bolosse de mère, qui ne travaille pas le mercredi après-midi et en profite pour nous préparer des petits pots de crème de marrons mélangée à de la crème fraîche.

Après qu'on a mangé les petits pots, comme on a mal au cœur, Kevin Roset, la nouvelle et moi, on monte dans ma chambre s'allonger un peu. Quand le mal de cœur est passé, on décide de faire un truc. La fille aime bien les expériences. Je prends ma Chimie sans danger. En espérant qu'on épuise pas les produits et qu'on abîme pas la boîte. Une boîte qui date du CM2, quand je restais à la maison. On sort les lunettes de protection, les béchers et les tubes à essai, je suis tout excité. Voilà ce que me fait la chimie. Ramenant mes cheveux derrière l'oreille, je leur lis la liste de tout ce qu'on peut fabriquer avec ce qu'il y a dedans : pièce castagnette, savon magique, œuf flottant, lampe à lave, geyser, fromage qui pue, encre sympathique, pommade pour l'acné, canon à gaz… OK, pour le canon à gaz, s'écrient-ils ensemble. Le canon à gaz ? OK, on y va. Donc, il nous faut : un tube, genre tube d'aspirine effervescente, du vinaigre blanc, du bicarbonate de soude…

– Du bicarbonate de soude ? interroge la fille.

– ON N'EN A PLUS, déplore maman, qui passait derrière la porte. PAS DE VINAIGRE BLANC, NON PLUS.

– Tant pis, je leur dis. Alors, savon magique, fromage qui pue, encre sympathique ?

OK pour l'encre sympathique. Citron, cotons-tiges, papier, allumettes, je rapporte tout de la cuisine.

– Super ! dit mon bolosse de père, de passage entre deux clients, en me voyant, les mains chargées, prendre un citron dans le réfrigérateur.

Je presse le citron, tout en racontant à la nouvelle

qui veut savoir que mon père vend des assurances : assurances contre le vol, les accidents de voiture, les incendies de maison… Contre tout, je résume. Elle nous dit ce que font ses parents, mais j'oublie aussitôt, pris par ma chimie. Je distribue les feuilles de papier, une à chacun, ainsi que des cotons-tiges. Il faut tremper les cotons-tiges dans le jus de citron pour écrire un mot ou un message sur le papier. Oui, le mot qu'ils veulent.

J'ai oublié la bougie.

– Génial ! dit ma bolosse de mère, en me voyant sortir d'un tiroir une bougie d'anniversaire, un 6 un peu fondu qui a servi pour mon sixième anniversaire et qui attend le seizième.

Une fois la bougie allumée, il suffit de passer la feuille vierge au-dessus de la flamme.

– Vas-y, Kevin, à toi.

– Quoi ? demande-t-il, étonné.

Il n'a pas l'air de comprendre. Plutôt que de répéter, je saisis le papier et le passe moi-même à la lueur de la flamme. Kevin Roset suit l'opération, dans un silence angoissé et angoissant. Au bout de quelques secondes, apparaît en lettres bâtons, couleur pain brûlé, un simple nom. Oui, le nom de la fille.

W E N D Y P E R R I N

Kevin fait une tête d'émoticône cramoisie (très très rouge).

– J'y crois pas ! lance Kevin Roset ce matin.

Je me retourne et vois ce qu'il voit.

Mauvaise nouvelle : la fille parle à Vanille Beaufort. Oui, Wendy Perrin, adossée à un mur, s'entretient avec la plus populaire d'entre toutes. Une conversation qui s'étire en longueur. Vanille Beaufort n'en finit pas de parler, en faisant passer ses cheveux blonds et brillants derrière une épaule, et puis l'autre. Wendy Perrin, le dos au casier, approuve d'un hochement de tête ou d'un mot, d'accord avec tout. Kevin Roset se tient à l'arrêt, tête d'émoticône inquiète, non, paniquée. Vanille Beaufort finit par quitter Wendy Perrin pour rejoindre Chloé Delaballe et Nine Taratata dans le hall. On file retrouver Wendy.

– Elle est gentille, nous dit-elle en lissant ses cheveux et en faisant glisser un élastique le long de ses doigts, pour refaire sa queue-de-cheval.

– Gentille, Vanille Beaufort ! s'étouffe Kevin.

– Elle vient de m'inviter à sa pyjama party, avec Chloé et Nine.

– Et tu vas y aller ? s'étrangle Kevin.

– Une pyjama party ? je demande.

– Une boum en pyjama, entre filles, qu'on passe à manger des cupcakes, traduit Roset, quand on en a fini avec Wendy.

Non, Kevin vient de me le confirmer, les garçons ne font pas de pyjama party. Pourquoi ?

– Elle est perdue pour nous, soupire-t-il une fois qu'on a regagné la classe, tête d'émoticône déboussolée.

Il en est persuadé, si la nouvelle passe la nuit chez Vanille Beaufort, la fille la plus populaire du collège, elle ne voudra plus traîner avec nous.

– C'est clair, je réponds, parce que je suis enfin arrivé à choper cette expression.

Trop normal.

Ça se passe comme prévu. La nouvelle a dormi chez Vanille samedi, et à midi, alors que Kevin lui désigne la place qui l'attend à notre table, elle esquisse un petit sourire malheureux, coins de la bouche vers le bas. Désolée, quoi. Et elle désigne une autre chaise, celle qui l'attend à la table de Vanille Beaufort, Chloé Delaballe et Nine Taratata. Ben oui, elle n'allait pas venir avec nous alors qu'elle a traîné tout le week-end avec elles.

– Désolé, je le console, en copiant la tête de Wendy Perrin.

– Elle est trop belle ! gémit-il, sans pouvoir détacher son regard de Wendy Perrin à la table de ses nouvelles copines.

Probablement en train de se raconter les meilleurs moments de leur pyjama party : essais coiffure et maquillage, papouilles avec le chat, action ou vérité et confection de cupcakes, en T-shirt XXL.

– Je crois que je suis amoureux, annonce-t-il plus tard, à la récré.

– Amoureux ? je demande.

Amoureux ne fait pas partie des émotions de base, amoureux est une émotion complexe. Amoureux, je ne connais pas. Kevin soupire. Décidément je ne vaux pas un clou comme copain. On ne peut rien faire avec moi, je suis toujours crevé, et on ne peut parler de rien non plus parce que je ne connais rien à rien. Il prend quand même la sucette au Nutella que maman m'a donnée pour lui. Elle met un goûter pour deux dans mon sac.

– Quand on est amoureux, on est triste ou content ? je tâche de m'intéresser, en portant le bâtonnet à la bouche.

Pour les sucettes, faire fondre beurre et Nutella, plonger des billes de banane piquées sur un bâtonnet, puis rouler dans des perles de sucre, mettre au frais (la cuisine, ça ressemble à la chimie). Il soupire une fois encore, avant de se décider à croquer dedans. Visiblement, plutôt triste. Une fois finie, il me rend le bâtonnet, en me regardant comme si j'étais responsable de sa malchance ou de son malheur.

Il faudra que je demande à ma bolosse de mère d'arrêter les sucettes.

J'ai trouvé. Sur Wikipédia. « L'amour désigne un sentiment d'affection et d'attachement envers un être vivant ou une chose, qui pousse ceux qui le ressentent à rechercher une proximité physique, spirituelle ou même imaginaire avec l'objet de cet amour et à adopter un comportement particulier. » Autrement dit, l'amoureux tâche de se rapprocher de celle qu'il aime, en vrai, ou si ça n'est pas possible, en rêve.

Kevin Roset a une nouvelle mauvaise nouvelle.

– Pire qu'être amoureux ? je demande.

Il m'entraîne à la récré, parmi les moignons de salades qui ont pourri sur place. Voilà : au début de l'année tout allait bien, il était dans une bande, il avait des amis. Et puis un garçon qui ne connaissait personne les avait squattés. Un bolosse qui disait bonjour deux fois au lieu d'une, ne s'intéressait qu'aux dinosaures et traînait un cartable à roulettes. Les autres avaient décidé de se séparer du bolosse, et de lui avec. Aujourd'hui, il veut retrouver son ancienne bande et même, pourquoi pas ? devenir un garçon populaire.

– Qu'est-ce que c'est ? demande Kevin, en refusant le goûter que je lui tends.

Une part de tarte au chocolat et aux Smarties. Maman va être déçue. Je n'ai plus d'ami.

Ce soir, c'est spaghettis. J'adore les spaghettis mais je n'ai pas faim. Je ne bouge pas. Heureusement, il me reste les dinosaures. Le saviez-vous ? Pour éviter de voir dévorer tous leurs œufs, les dinosaures ont une technique : ils en pondent énormément. Les femelles se regroupent toujours au même endroit pour pondre. Elles creusent de petites cuvettes avec leurs pattes, puis couvrent les œufs de végétation pour les tenir au chaud. Certains dinosaures moins lourds, comme *Citipati*, un carnivore couvert de plumes, surnommé Big Mamma, se posent sur leur nid pour couver des œufs gros comme des ballons de foot. Si leur croissance est phénoménale (2 tonnes par an jusqu'à l'âge de 20 ans pour *Titanosaurus)*, les petits dinos quand ils sortent de leur coquille, font à peine le poids d'un bébé humain et doivent se débrouiller seuls.

– Quelle horreur ! s'exclame papa, venu me dire bonsoir, en rangeant ce qui traîne sur mon lit.

Je ne réponds pas. Je me fous des bébés dinosaures, je me fous des parents dinosaures, je me fous de tout. Mon copain me manque.

Au collège, je dis bonjour à tout un tas de gens que je croise. Parmi lesquels mon ancien copain, Kevin Roset, mais aussi Wendy Perrin, celle dont il veut se rapprocher physiquement, spirituellement ou dans l'imaginaire (voir Wikipédia). Il ne répond pas à mon bonjour. M. Lodge écrit des mots au tableau que quelqu'un va devoir remettre dans l'ordre. Le pauvre.

COMFORTABLE A WE IN SLEEP VERY BED

Tout le monde se met à rire : Justin Berthelot, Hugo Rohmer, Bilal Assaoui, Marina Galland et Wendy Perrin. Mais aussi Brad Meurisse, Éden Dupras, Vanille Beaufort et… Tout le monde, quoi. Pourquoi ?

Je me sens seul.

À la récré, je m'assois sur un muret en béton et je contemple une rangée de pigeons qui prend la pluie sur la gouttière. L'arbre – il n'y en a qu'un –, s'ennuie seul au milieu de la cour. Pour simple décoration, un sac de plastique blanc-gris à la plus haute branche que le vent n'arrive pas à décrocher et qui claque comme un drapeau triste et sale.

D'habitude, je ne m'intéresse pas au spectacle de la nature.

Si je veux récupérer Kevin Roset, je dois faire quelque chose. Je repense à son idée de devenir populaire. Je cherche, et je trouve. On trouve tout sur Wikipédia : histoires de dinosaures, expériences de chimie, définition de mots oubliés, renseignements en tout genre et même conseils d'ami. Wikipédia est ma nouvelle passion.

– Wikipédia ? grogne Kevin Roset, assis derrière moi, et à qui je viens d'annoncer ça.

Je lui résume vite fait, tout en sortant mes affaires de maths : on est populaire ou on ne l'est pas. Et même, on *naît* populaire ou pas. Pour ceux qui sont nés normaux mais veulent le devenir, il faut un plan, une stratégie.

– Un plan ? chuchote-t-il, subitement intéressé, d'un coup moins fâché.

– Félix ! m'interrompt le prof de maths.

M. Gore veut que je le rejoigne et l'aide à résoudre le problème dans lequel il s'est encore embourbé. Au tableau, une nouvelle équation à multiples parenthèses dont il n'arrive pas à se dépatouiller.

E = [4 × (5 × (7 × (8 + 10)))]

– Alors... E = 4 × 5 × 7 × (8 + 10), j'énonce, en même temps que je développe au tableau. Ce qui fait :

E = 4 × 5 × 7 × 18

E = 20 × 7 × 18

E = 140 × 18

E = 2 520

– Bien, Félix, me dit M. Gore, tandis que mes camarades, également soulagés, recopient dans leur cahier.

Même les bolosses ont leurs bons moments.

D'ailleurs Kevin Roset est de nouveau mon copain. La preuve, à la cantine on mange ensemble, et on fait des plans. Ou plutôt on étudie celui qui doit nous rendre populaire. Pour devenir populaires, il nous faudra des vêtements cool, du gel dans les cheveux, traîner en ville avec des gens sympas, sortir avec une fille moyennement populaire et...

– Vous ne vous rendez pas compte combien il est pitoyable de chercher toujours la popularité ? coupe un surveillant qui déjeune à notre table (il a pris la place de Wendy Perrin, qui a rejoint les siens).

Tout maigre, cheveux longs, vêtements noirs, il mange comme quatre.

– Je suis moi-même passé par tous les stades, de bolosse à populaire... explique-t-il en finissant son plat. Honnêtement, il n'y a rien de plus nul que d'être populaire. Tu n'en veux plus ? demande-t-il à Kevin, en désignant son assiette.

Kevin jette un œil à ses raviolis, semble les compter et les fait glisser jusqu'à lui.

– Vous n'êtes pas populaires, et alors ! reprend le surveillant, en attaquant l'assiette de Kevin. Pourquoi aspirez-vous à ce statut comme à une libération ? Mais faites quelque chose de votre vie, vivez, bordel !

Il parle la bouche pleine de raviolis sauce tomate, un spectacle assez pénible, même pour un bolosse comme moi.

– Tu vois ce qu'il veut dire ? je demande à Kevin Roset, dès qu'on quitte les lieux pour laisser place au deuxième service.

– Qui ça, le Philosophe ?

Un surveillant, donc, plus connu sous le nom du « Philosophe ».

Apparemment mon pote est de nouveau mon pote, on dirait qu'il veut que je l'accompagne sur ce chemin vers la popularité. On repartage mes goûters, on repasse nos mercredis ensemble, à la tour ou au bord de la rivière, le plus souvent chez moi. Kevin Roset commence à s'habituer à ne rien faire, allongé sur mon lit ou vautré sur la moquette, au milieu de mes figurines dinosaures et de mon matériel de chimie.

– Il faudrait qu'on soit bogosses ou riches, soupire-t-il.

– Comment sait-on qu'on est bogosse ou riche ? je demande.

– Bogosse égale un beau corps, de beaux yeux, de beaux cheveux, comme Éden Dupras ou Brad Meurisse.

– Et riche ?

– Pas la peine de chercher, m'explique-t-il. Bogosse et riche, ça marche ensemble.

Les parents d'Éden Dupras ont fait fortune dans le tourisme, ils ont un camping et une boutique de glaces.

Ceux de Brad Meurisse sont dentistes, ils habitent une maison avec piscine. Vanille Beaufort part en vacances dans des hôtels 5 étoiles, ses parents ont une Audi, une Mercedes et une BMW.

– Alors c'est râpé… je soupire, en m'apercevant dans le miroir de mon placard à vêtements.

Ben oui, je suis moche.

– Il faut que je m'achète des fringues, réfléchit Kevin à voix haute.

– Des fringues ? je demande.

– Ouais, des fringues de marque.

C'est écrit sur Wikipédia, si on n'est pas beaux et riches, on peut toujours essayer de s'arranger.

Kevin Roset se retourne sur tout le monde dans la cour et dans le couloir, mais personne ne se retourne sur lui. La seule chose qu'il voit est son propre sac à dos, dans son dos, justement. Il est drôlement déçu.

Personne ne semble remarquer les fringues de marque. Personne ne le trouve beau ou riche.

– Qu'est-ce que c'est comme marque déjà ? je demande pour lui faire plaisir.

– Laisse tomber.

– Peut-être que ce n'est pas la bonne marque ? je demande encore.

– Laisse tomber, j'te dis…

Si, une fille, une seule, a remarqué quelque chose.

– Tu as mis du gel ? demande cette fois Wendy Perrin, en nous retrouvant aux casiers.

Oui, celle dont il cherche à se rapprocher en vrai, dans la tête ou en rêve.

– Pourquoi ? répond Kevin, voix tremblante.

– Cool… dit-elle en s'éloignant.

– Peut-être qu'elle t'aime bien, je lui glisse, une fois qu'elle a rejoint ses copines.

– N'importe quoi ! souffle Kevin, direction la cantine.

Le Philosophe est déjà à table, son plateau devant lui.

– Regardez les gens que vous jalousez ! ronchonne-t-il en mâchant sa purée. Objectivement. Ils ont l'air de vivre ?

Il attend une réponse.

– Non, ils ne font que suivre aveuglément des

préceptes préconstruits imposés par quelques idoles ! reprend-il en se fourrant du pain dans la bouche (en plus de la purée). Alors que toi, l'impopulaire, le bolosse, tu as au moins le mérite de faire ce qu'il te plaît, ajoute-t-il en s'adressant plus particulièrement à moi.

Les femmes d'entretien, armées de balais et d'un seau dans lequel attend une serpillière, nous demandent d'évacuer les lieux. On lui fait signe, on y va.

– Il parle comme Wikipédia, tu ne trouves pas ? je demande à Roset, en ramassant mon blouson.

Mais je me demande surtout comment il fait pour être aussi maigre avec tout ce qu'il mange.

En sciences de la vie et de la Terre, on étudie le corps : les organes, la respiration, la digestion. M. Duralex, le prof, entreprend de faire des binômes. Des binômes ?

– Léa Sollers et Éden Dupras, désigne-t-il. Hugo Rohmer et Marina Galland. Bilal Assaoui et Rachel Vaindieu…

Apparemment, un binôme, c'est un couple.

– Brad Meurisse et Kevin Roset, continue-t-il. Félix Tomassin et Wendy Perrin…

– Félix Tomassin et Wendy Perrin ? je demande.

Félix Tomassin me dit quelque chose. Félix Tomassin ! Ben oui, c'est moi.

Kevin Roset me regarde avec une tête d'émoticône effondrée. Il voulait être en couple avec Wendy Perrin. Il le sait : elle et moi, on va passer les semaines qui viennent à la même table, à faire les mêmes expériences, à rédiger des comptes rendus d'expérience chez elle ou chez moi, dans sa chambre ou dans la mienne. À la récré, je cherche à le rassurer : mieux vaut qu'elle soit avec moi plutôt qu'avec Brad Meurisse ou Éden Dupras. Mieux vaut moi qu'un bogosse riche.

– Tu as peut-être raison, soupire-t-il, légèrement rassuré.

Pas moi.

J'ai espéré toute la semaine que quelque chose se passe qui m'empêche d'y aller, une crise d'asthme, par exemple. Mais rien. Je ne suis jamais rentré dans une chambre de fille avant, ou alors il y a très longtemps, pour un anniversaire de CE1 ou CE2, avant de devenir bolosse. Je passe le temps du trajet à me demander ce que je vais bien pouvoir faire ou dire.

– Je sais, ça craint... soupire Wendy en me faisant entrer, et avant que j'aie eu le temps de dire quoi que ce soit.

Sa chambre est rose, entièrement rose : la moquette, les murs, le placard, et même la couette.

– En primaire j'adorais le rose, s'excuse-t-elle. Je voudrais repeindre en noir, mes parents ne sont pas d'accord.

Elle me dit de m'asseoir, je fais comme elle dit. Je regarde autour de moi et me pose où je peux : sur le bord de son lit.

– Attention ! hurle-t-elle en arrachant de dessous mes fesses un truc, qu'elle serre fort contre elle.

Un truc gris et flapi : son lapin en peluche. On discute tout l'après-midi. Ou plutôt *elle* discute tout l'après-midi, en garnissant un grand classeur de feuilles à carreaux et de papier dessin, d'intercalaires et de pochettes plastique, selon les consignes du prof de SVT. Elle me pose un tas de questions, des questions sans queue ni tête, comme si elle voulait que je lui raconte ma vie, comme si elle voulait tout savoir de moi. Pourquoi ? Elle me demande si je suis plus souvent heureux ou malheureux. Je réponds comme je peux. Le plus souvent ni heureux ni malheureux. Disons que je préfère n'être pas trop heureux pour ne pas être trop malheureux. Pourtant, j'ajoute, à y réfléchir, je me sens plutôt malheureux.

– T'es trop mignon ! me dit-elle en me pressant contre elle, comme elle l'a fait auparavant avec son animal en peluche.

Les filles sont à l'aise avec les bolosses, elles s'en servent un peu comme de doudous. À la réflexion, je me demande si je ne ressemble pas un peu à son lapin, maigre et épuisé. Longs cheveux pour longues oreilles.

M. Duralex veut savoir s'il y a des volontaires téméraires parmi nous. Devant lui, sur la paillasse, une masse tendre et rose. Je me retourne pour chercher Kevin Roset du regard, inquiet. Un simple réflexe. Il est assis à côté du populaire Brad Meurisse, son binôme. Ça fait un drôle d'effet.

– Téméraires ? je demande à Wendy Perrin (*mon* binôme à moi).

– Courageux, quoi, me traduit-elle.

– Alors ? questionne le prof. Des volontaires ?

– NOUS ! NOUS ! hurle Wendy, en se levant d'un coup d'un seul, bras en l'air.

Je la regarde avec une tête d'émoticône étonnée, non, alarmée.

– Très bien, dit le prof, Félix et Wendy, vous allez vous occuper du poumon. Les autres, vous écrivez dans vos cahiers : 1) Couleur du poumon et pourquoi ? 2) Souffler avec une paille dans le poumon. Que se passe-t-il et pourquoi ? 3) Comportement d'une partie du poumon dans l'eau.

– Le poumon ? je demande à ma voisine, déjà debout, direction l'estrade, le tableau, la paillasse, la gloire.

– Un poumon de porc, quoi ! précise Wendy.

M. Duralex nous passe une paire de gants chacun, des gants de chirurgien, ainsi qu'un gonfleur, type gonfleur de ballon ou de pneumatique. Pour quoi faire ? Ça me fait mal rien que de l'écrire. Devant nous, sur la paillasse, s'étale la masse rose et molle. Elle baigne dans son sang. Un sang clair et léger. Wendy Perrin prend les choses en main. Elle se saisit avec une expression de joie du gonfleur que lui tend M. Duralex et entreprend d'en glisser l'embout dans la trachée du poumon de porc étalé là. L'embout refuse d'abord d'y aller, oh non, et elle doit s'y reprendre à plusieurs fois. Lorsque c'est fait, elle relève la tête et me regarde droit dans les yeux : à mon tour d'agir. Mon rôle dans l'affaire ? Presser la poire. À chaque pression du gonfleur, le poumon enfle d'un coup. Et désenfle le temps suivant. Le poumon respire tout seul. Indépendamment du porc, absent. Comme chez les zombies. Je ne me sens pas bien. Wendy Perrin et moi sommes autorisés à regagner notre place, où j'espère pouvoir récupérer.

– D'autres téméraires ? interroge M. Duralex, le doigt sur la viande.

Il est maintenant question de renouveler l'opération sur une partie du poumon. Personne ne lève le doigt.

– Hugo Rohmer et Marina Galland ?

Les deux plongent la tête et regardent leurs genoux.

– Bilal Assaoui et Rachel Vaindieu ? tente M. Duralex.

– Peux pas, m'sieur, chuis musulman, dit Bilal.

– Alors ? s'impatiente M. Duralex.

– NOUS ! NOUS ! recommence à hurler Wendy, à côté de moi, tête d'émoticône horrifiée.

Cette fois, il s'agit d'enfiler une paille n'importe où dans le bout de viande et de souffler directement dedans, pour constater que le mou gonfle pareil. Où qu'on glisse la paille.

L'odeur du sang ?

Je finis la séance à l'infirmerie. Pas facile d'être en couple quand on est un bolosse. « T'es trop mignon… » me dit Wendy Perrin, à chaque fois qu'on parle de cette histoire de poumon, en me prenant dans ses bras.

Les bolosses, on peut faire ce qu'on veut avec, on peut les prendre contre soi, leur passer la main dans les cheveux, leur tordre le nez, leur glisser un doigt dans l'oreille, se moquer gentiment d'eux, leur faire des bisous et leur dire des choses qu'on ne pense pas vraiment… Ils ne sont pas dangereux, les filles ne craignent rien avec nous.

Bilan : le poumon est composé de petits sacs microscopiques, très nombreux, appelés alvéoles pulmonaires. La paroi des alvéoles pulmonaires, très fine et très vascularisée (irriguée de sang), forme une surface d'échanges favorable au passage du dioxygène de l'air dans le sang.

Encore un mercredi avec mon binôme. Kevin Roset me manque.

Je débarque avec le matériel requis : une bouteille de plastique, un petit tuyau, deux ballons en caoutchouc, un élastique, de la pâte à modeler. Pour une représentation de l'appareil respiratoire. Traduire : pour fabriquer un truc qui ressemble à une paire de poumons. J'étale tout sur le lit rose. Kevin Roset m'a chargé de mission. Je dois tâcher de savoir si… Difficile à formuler. Il veut que je voie si Wendy Perrin pourrait être amoureuse de lui ou plutôt si elle accepterait de sortir avec lui, au cas où il le lui proposerait. « Qu'est-ce que tu penses de Kevin Roset ? », dois-je lui demander. Je n'y arriverai jamais.

– Tu as un dessert préféré ? je dis à la place, en fixant un ballon sur le petit tuyau en plastique, incapable d'enchaîner.

Wendy Perrin ne prend pas la peine de me répondre. Elle n'a pas entendu la question et semble avoir la tête ailleurs.

– Tu me promets quelque chose… soupire-t-elle alors, revenue de ses pensées.

– Quoi ? je fais, avec une intonation de fille.

Je l'ai remarqué, les bolosses imitent ceux qui les entourent. Un peu comme les caméléons. Partout où je vais, je tâche de me fondre au milieu que je fréquente. Une mesure de protection.

– Tu peux garder un secret ? répète-t-elle.

Et puis sans attendre que je dise oui :

– Il y a un garçon qui me plaît, je pense à lui tout le temps.

Je le savais : une fille qui remarque le gel dans les cheveux d'un garçon est forcément amoureuse.

– Qui ça ? je demande l'air de rien, en découpant le fond de la bouteille.

– Tu le connais, ajoute-t-elle en rougissant légèrement. Il me fait trop craquer.

– Ah bon ? feins-je de m'étonner, trop content d'annoncer ça à Kevin Roset.

– Il fait un peu son bogosse, continue Wendy, parce qu'il est timide. Les timides jouent souvent un personnage pour se cacher derrière, dit-elle en couvrant le fond de la bouteille d'un ballon, auquel j'ai auparavant attaché une ficelle.

– Comment t'as trop raison, je renchéris.

– Il est trop mignon et en plus j'adore son prénom ! Si je te dis que ses parents sont dentistes et qu'ils ont une maison avec une piscine…

Évidemment, elle ne parle pas de Kevin, mais de Brad. Brad Meurisse. Le binôme de Kevin Roset. Pauvre Roset. Finalement, mieux vaut être un bolosse. Les bolosses n'ont pas de chagrins d'amour. Ils ne peuvent pas se permettre d'être amoureux.

À moi de jouer : j'introduis le ballon dans le goulot de la bouteille de plastique, que je scelle avec un bouchon de pâte à modeler, pour que ce soit bien étanche. Wendy écrit avec application sur sa feuille double : « Que se passe-t-il quand on tire sur la ficelle ? À quoi correspond le ballon dans l'appareil respiratoire ? À quoi correspond la bouteille dans ce même appareil ? » Elle et moi, on tire sur la ficelle plusieurs fois de suite, chacun à son tour, pour voir. Ça fonctionne parfaitement. Le petit ballon rose gonfle et se dégonfle, joli poumon artificiel dans sa cage thoracique de plastique. Wendy Perrin rit doucement. On pourrait croire qu'elle rit du succès de notre maquette, et de ce joli poumon. Je devine que c'est le rire de l'amour.

– T'es trop trop mignon, me dit-elle en se jetant à mon cou et en pressant sa joue contre la mienne.

Apparemment, quand on est amoureux, on aime tout le monde.

Évidemment, je ne dis rien à Kevin Roset. Le pauvre. Je noie le poisson : je lui apprends que je n'ai pas trouvé le bon moment pour poser sa question et je lui parle d'autre chose. Je lui dis que Wendy Perrin fait de la danse au centre municipal une fois par semaine. Non, elle ne veut pas devenir danseuse mais chanteuse. Et comme Kevin Roset ne s'intéresse à rien d'autre, je lui décris ensuite le jean préféré de Wendy, un jean à trous. Sa mère lui interdit de le porter au collège, voilà pourquoi il ne le connaît pas. Kevin Roset est content. Un vrai bolosse.

– T'es trop mignon, gémit Wendy Perrin quand je lui dis que je suis d'accord pour lui filer les exercices de maths qu'elle n'aura pas le temps de faire, parce que Brad Meurisse l'attend à la sortie.

À la sortie, elle est assise sur la rambarde qui protège le trottoir de la rue. Brad Meurisse se tient devant elle, elle renverse la tête et rigole comme une folle.

– C'est nerveux ! j'explique à Kevin Roset qui regarde le tableau, fasciné, hypnotisé.

Les pieds comme pris dans le goudron.

– Allez, viens ! dis-je, en le tirant par la manche un peu plus loin.

Vrai, il fait pitié.

– Devine quoi ? me demande ce matin Wendy Perrin, au beau milieu de la cour.

Je ne veux pas savoir.

– Brad Meurisse m'a demandé de sortir avec lui.

– Super ! je m'étrangle, en cherchant une échappatoire.

Tout le monde nous voit. Un binôme ne se fréquente pas forcément hors de la classe. Et même, un binôme ne doit pas se fréquenter hors de la classe, ou alors cela prête à confusion. Les gens imaginent des choses. J'ai l'impression que tous nous regardent. On est devenus le centre du monde. Kevin Roset se radine dès que Wendy m'a quitté et m'attrape par le bras : il veut savoir ce qu'elle vient de me confier.

– Rien de spécial. Pourquoi ?

– Allez, dis-moi !

Je le lui dis. Puis je vais à l'infirmerie. Des difficultés à respirer.

– Il est comment, le film ? je demande en cours à mon binôme.

On les a croisés hier, Meurisse et elle, à la caisse de l'Éden. Ils allaient voir *Batman vs Superman*. Du coup, Kevin n'a pas voulu entrer. Avec l'argent de ma bolosse de mère, on a acheté des trucs qu'on a grignotés au bord de la rivière en tirant des galets sous la pluie. Il pleut ? s'est exclamé Kevin. Il ne sentait pas les gouttes. Il ne quitte plus sa tête d'émoticône blême.

– Il est comment, le film ? suis-je obligé de redemander.

Wendy semble ne pas m'avoir entendu.

– Ah, le film… répond-elle en levant les sourcils, comme si elle n'était pas sûre de l'avoir seulement vu.

Les binômes défilent au tableau pour présenter leurs poumons artificiels. Il y en a de toutes les sortes, des grands, des petits, des jaunes, des roses, des bleus. Quand les binômes tirent sur la ficelle, certains deviennent si gros qu'on craint de les voir exploser. Parfois le ballon gonfle à peine et revient tout de suite à son état antérieur, bout de plastique atrophié. Depuis qu'elle est en couple, mon binôme n'est plus la même, elle n'écoute plus en cours, ne répond pas aux questions, n'entend même pas les questions et se moque de ne pas les avoir entendues. Quand on est en couple, on n'a plus le temps de travailler, plus de temps pour les copains, plus de temps pour rien. Wendy Perrin ne vaut plus un clou comme binôme.

– On dirait une capote, lâche quelqu'un.

Tout le monde rit sauf moi (quelqu'un pourrait avoir l'idée de me demander pourquoi je ris !). Le prof avec eux, il est content de nos travaux. Le bolosse.

B

– Qu'est-ce que tu entends par plan B ? me demande Kevin Roset, avec un temps de retard.

Dos au lit, à même la moquette, tête à la renverse, chaussettes au mur, yeux au plafond, déprimé.

– Puisqu'on n'est ni beaux ni riches, on va devenir des racailles, je m'exclame, tout en transférant mes affaires de classe de mon sac à roulettes dans mon nouveau sac, un sac à dos.

Kevin Roset l'a dit, il ne continuera pas à traîner avec moi si je continue à traîner ce truc derrière moi. Or je ne peux me permettre de perdre mon unique et dernier copain.

– Racailles, ça marche pour devenir populaires, je précise, en faisant glisser l'ordi sur la moquette et en lui signifiant de regarder.

Alors voilà : pour être une racaille, il faut traîner en ville, limite délinquant, avoir moins de 8 de moyenne, fumer et défoncer le mec du bahut qui se prend pour un caïd.

– Défoncer Jésus Morteau ? s'exclame Kevin.

Il n'a pas tort. Semer la pagaille en cours, avoir moins de 8 de moyenne, pourquoi pas ? Traîner en ville, limite délinquant, dire *ouèche*, tout ça, d'accord. *Reum, reup, gros, grosse, bédave, bicrave*, pas de problème. Mais fumer et défoncer le caïd du bahut...

Hugo Rohmer, Bilal Assaoui et Justin Berthelot font une tête d'émoticône étonnée en me regardant passer. Ils me regardent bouche bée. Pas qu'eux, les autres aussi. Oui, tout le monde se retourne sur moi. Je m'arrête au milieu du hall pour visser ma casquette, visière à l'arrière, et remonter mon jean déchiré qui glisse sur mon caleçon. Sûr, je fais de l'effet.

– T'aimes trop Justin Bieber, dit quelqu'un.

– Oh, Justin, mon amour… murmure un autre.

Des gens que je ne connais pas spécialement et qui m'adressent la parole pour la première fois.

– Un Belieber ! s'exclame un troisième.

– Haha, se marre un quatrième, en me croisant.

– Le pauvre, soupire un dernier.

Kevin Roset, la tête dans son casier, fait semblant de ne pas remarquer, de ne pas entendre. J'ai compris, la journée va être difficile.

– J'aime trop comment t'es habillé, dit une fille en fourrant ses trucs dans son placard de métal.

Je lui jette un regard méfiant. Mais Marina Galland ne se moque pas. Une normale que je n'ai peut-être pas présentée, parce que des normaux, y en a plein. Kevin Roset la regarde, surpris. Et alors ? je mime en haussant les épaules et les sourcils. Une question de goût.

– Tiens, mon bolosse s'est déguisé ! lance un dernier, qui vient d'arriver.

Pas besoin de me retourner. Ben oui, Jésus.

– Bolosse toi-même, je réponds tranquillement, en ouvrant mon cadenas.

Sans savoir d'où ça vient.

– Quoi, qu'est-ce qu'il dit, le bolosse ? fait Morteau, après un temps, bousculé dans ses habitudes, psychologiquement déstabilisé.

Kevin Roset, tétanisé, n'intervient pas. Heureusement, M. Rosso, le principal, traîne dans le couloir.

– Dis donc, Morteau, tu ne devrais pas être en permanence ?

– Mais m'sieur, j'ai fini mes devoirs...

Mort de rire. Jésus Morteau ne fait jamais ses devoirs. M. Rosso le prend par le bras, direction, la permanence. Les bolosses dans mon genre ont toujours besoin d'un adulte dans les parages. Surtout quand ils sont en phase de transition pour devenir racailles.

Ça n'a pas raté. Jésus Morteau a fini par me choper. Aux toilettes, à la récré. Pas d'adulte en vue là-bas. Tout peut arriver sans que personne n'en sache rien.

Cette fois, j'y passe. Où ? Au shampoing.

Pour un shampoing, prendre le client par le cou, tête sous le bras, et frotter le crâne avec le poing fermé. Il n'y a pas d'échappatoire. Je fais ce que je fais dans les situations difficiles, chez le dentiste ou ailleurs, je pense à autre chose : à ma prochaine boîte de chimie, ou à une sortie dans un parc peuplé de dinosaures. Le shampoing épuise ce qu'il me reste de forces.

Direction l'infirmerie.

– J'aime bien ton nouveau look, me dit la meuf en blanc, en m'ouvrant le drap.

Les adultes sont gentils avec les bolosses, ils ne veulent pas nous voir malheureux. Je me glisse dans le lit et je regarde le plafond tout blanc. Reposant. J'oublie Morteau, j'oublie Kevin Roset, j'oublie les autres, j'oublie tout. Fatigant d'être moi. À quatorze heures, la meuf revient me voir. Elle veut savoir si je retourne en cours. Je consulte le plafond :

– Je crois que je préfère pas.

Et je rentre chez moi.

– Comment ça s'est passé, mon voyou ? demande maman.

– Génial, je réponds, en lâchant ma casquette sur la

table de la cuisine. Ah, le collège est fermé pour la semaine. Il y a eu un cas de méningite, il faut désinfecter.

Maman fait semblant d'y croire, elle a compris que j'avais besoin de repos. De prendre de la distance, de faire un zoom arrière. Je passe la semaine à la maison, tranquille. L'un ou l'autre de mes parents fait un saut de temps à autre depuis la mairie ou le cabinet d'assurances, pour voir si tout va bien. Pas de nouvelles de Kevin Roset de la semaine, cette fois je crois que tout est fini entre nous. Quand j'en ai marre des dinosaures, je sors ma chimie et je fabrique du savon magique ou une crème contre l'acné. Je suis allé voir à Justin Bieber sur Wikipédia. Sa chanson *Baby*, l'histoire d'un garçon de 13 ans et de son premier amour, l'a tout de suite rendu célèbre. À 16 ans, il compte déjà 76 millions de fans qui en font la personne la plus suivie sur les réseaux sociaux. Extrait : « Et j'étais comme un bébé, bébé, bébé / Je pensais que tu serais toujours à moi / bébé, bébé, bébé / Comme un bébé, bébé, bébé. » Tout le monde l'aime. Mais plusieurs incidents : bagarre avec un journaliste, propos insultants envers un ancien président, excès de vitesse, mauvaise conduite à l'étranger viennent détruire sa réputation. Une pétition est alors lancée pour réclamer son expulsion du territoire américain. Il a seulement 20 ans. Justin Bieber, les uns l'adorent, les autres le détestent. Il a des *lovers* et des *haters*. Un peu comme un bolosse, quoi. Sauf que le bolosse, lui, n'a que des *haters*.

Je profite aussi de mon temps libre pour écrire un petit poème. Voilà :

Ma mère est une bolosse, mon père est un bolosse,
Ma maison est une maison de bolosse,
Je suis un bolosses.
Oh, bolossitude !

– JE CROIS QU'ON A DE LA VISITE ! crie maman dans le couloir.

La porte s'entrouvre, quelqu'un passe la tête. Un importun. Qui ça ? Kevin Roset, bien sûr. Qui d'autre ? Il regrette, il m'a laissé tomber, il s'en veut. Il m'a lâché seul dans cette aventure, cette fois il est prêt. Plus que prêt. Lui aussi va devenir une racaille. On fera la peau du crevard de Jésus Morteau. À nous deux, on sera populaires.

– Je n'ai plus de forces... je gémis doucement.

– Alors je te passerai les miennes, dit-il en s'asseyant sur le lit.

– Génial, soupire maman, derrière la porte, trop contente que j'aie retrouvé mon copain.

– T'as des chips au vinaigre ? demande Roset en sortant deux bières de son sac.

Il a quelque chose à me proposer, oui, il a une idée, annonce-t-il en portant la cannette à ses lèvres.

– La tête du Rayé ? je demande, les yeux tournés de nouveau l'écran. T'es sûr ?

Kevin hoche la tête. Si Gizmo est le plus gentil, le Rayé, lui, est le pire des Gremlins. Celui qui fout le bordel partout. Bon. Alors on y va. J'ouvre ma boîte de chimie et en sors un flacon d'eau oxygénée, un composé chimique de formule H_2O_2, aux propriétés oxydantes, généralement utilisé comme antiseptique, mais également connu pour son pouvoir blanchissant.

– T'es sûr ? je lui demande une fois encore, en secouant le flacon.

Roset hoche la tête :

– Je te dois bien ça.

– OK, c'est parti !

Je trace deux raies parallèles sur le sommet de sa tête, qui dessinent une bande de cinq centimètres de large de la nuque jusqu'au front, j'imbibe un bout de drap avec l'antiseptique blanchissant, j'imprègne en tamponnant doucement et je laisse poser.

– Ça pue ! s'écrie-t-il.

– Le H_2O_2, je réponds, en rangeant le matériel dans la boîte.

Pendant qu'il pose, je file au Super et en reviens avec un gel cheveux extrafort, et des chips au vinaigre.

– Jamais mieux servi que par soi-même, dit-il en rotant (la bière).

– C'est vrai que ça pue… je dis en humant l'odeur fade et écœurante qui imprègne la chevelure de Roset. À la salle de bains pour le rinçage, avant le séchage, sèche-cheveux à puissance maximum, pour décoller au niveau de la racine, en passant la main enduite de gel (à défaut de gel, vous pourrez utiliser de l'eau fortement sucrée) !

Un nuage de laque de ma reum. Et voilà !

– Cool, dit-il en se regardant dans le miroir et en osant à peine toucher la crête de cheveux délavés.

Cool n'est pas un mot racaille, Roset a été rattrapé par l'enthousiasme. L'enthousiasme non plus n'est pas un truc de racaille. Bizarrement, malgré le shampoing et la laque, l'odeur reste très présente. Une odeur qui tient à distance.

Bilan : naturellement produit par le corps humain, le

peroxyde d'hydrogène empêche la fabrication de pigments. Ainsi, en plus d'être un désinfectant, il peut servir d'agent de blanchiment et décolorer poils et cheveux.

Le résultat est là. Les gens se retournent dans la rue, au collège, partout. Une route blanche et duveteuse se déroule de la base du crâne de Roset à son front que tout le monde veut regarder et admirer. Pour ce qui est des cheveux, ils sont bien cramés. Maintenant qu'on est des racailles, fini la Tour ou le bord de la rivière. Les racailles n'ont rien à faire du spectacle de la nature ou de l'architecture. Reste le Super.

– Le Super ? Ah oui, super ! s'exclame Roset.

Au supermarché, on flâne entre les rayons, cap sur les apéritifs, pour une bière et des chips au vinaigre à consommer sur place.

– L'addition, s'il vous plaît ! blague Roset.

Ben oui, on est des racailles. On reste là un moment, les yeux dans le vague, sans grand-chose à se dire. Étonnés par ce qu'on vient de faire, stupéfaits de tant d'audace. Kevin Roset continue de sentir, une odeur fade et vaguement écœurante. Oui, une odeur d'eau oxygénée. De retour à la maison, j'annonce que je ne passerai pas à table, je me suis bourré de chips.

– No problemo ! répond maman.

Je file dans ma chambre en faisant claquer la porte derrière moi et j'étale sur ma couette les trois minivernis à ongles de couleur dérobés là-bas. Le rayon Beauté est celui où on peut le mieux exercer ses talents de racaille et bicrave vite fait un truc (*voler* en racaille).

– Pas de souci ! souffle papa, en examinant les minivernis. On n'en parle pas à ta mère, ce petit forfait restera entre nous.

Heureux que je sois une racaille.

– Il va falloir qu'on se batte... j'annonce le lendemain matin, à la table du petit déjeuner.

– Trop bien, dit ma reum. Contre qui ?

– Le caïd du collège qui défonce tout le monde : Jésus Morteau. L'ennemi des bolosses.

– Tu es sûr, mon chéri ?

Il va falloir que je lui demande d'arrêter de m'appeler *mon chéri*.

Un binôme fait circuler une cigarette, après l'avoir dessinée au tableau. En légende : 1) acétone (dissolvant), 2) méthanol (carburant pour fusée), 3) naphtalène (antimite), 4) nicotine (herbicide et insecticide), 5) monoxyde de carbone (gaz d'échappement), 6) chlorure de vinyle (utilisé dans les matières plastiques), 7) acide cyanhydrique (employé dans les chambres à gaz), 8) ammoniac (détergent), 9) arsenic (poison violent), 10) polonium 210 (radioactif), 11) DDT (insecticide).

– Trop bizarre... me dit mon binôme, Wendy Perrin, en me contemplant, coude sur le bureau, menton dans la main.

– Bizarre... Qu'est-ce qui est bizarre ?

Elle pense que Kevin Roset et moi, on se la pète racaille et que ça ne nous va pas. Elle préfère quand on est normaux. Normaux ? Wendy Perrin me trouve normal ! Puis, s'approchant plus près, elle me souffle à l'oreille :

– J'ai un truc à te dire...

Quand elle l'a dit, je suis pris d'une quinte de toux. Le binôme au tableau a allumé la cigarette et la fait passer dans la classe pour illustrer son exposé : on a droit à une taffe chacun, ou à peu près. Apparemment, les irritants bronchiques provoquent la toux, le monoxyde de carbone prend la place de l'oxygène dans le sang et diminue les performances physiques, les goudrons noircissent les poumons et sont à l'origine des cancers.

– Je peux la finir ? demande Justin Berthelot, clope au bec (apparemment, la nicotine agit aussi sur le cerveau et rend dépendant).

Fin du cours. Je fonce sur Kevin Roset, qui fait la pub à Léa Sollers et Rachel Vaindieu, dans le couloir, au sujet de son mascara, un Méga Volume Miss Manga, formule intense extraordinairement noire, brosse conique 360 degrés ultraprécise. Kevin Roset a apporté son butin au collège dans l'idée de le revendre (bizarre, depuis qu'on est des racailles, lui et moi, on n'arrête pas de parler mode et beauté).

– Une minute… me dit-il.

J'insiste : il s'agit de Wendy Perrin, je dois lui parler.

– Wendy ! Pourquoi ne me l'as-tu pas dit plus tôt ? demande-t-il, en lâchant les filles.

Tant pis pour la vente.

Je lui rapporte ses propos : elle et Brad Meurisse ont cassé, il se la pétait trop bogosse.

– Quoi ! s'exclame-t-il.

– Attends ! j'ajoute. Elle aimerait savoir si tu veux sortir avec elle.

– J'y crois pas, gémit-il, pâle comme un linge.

Je dois le lui répéter :

– Wendy Perrin veut être en couple avec toi.

J'emmène le pauvre Kevin Roset à l'infirmerie.

– Génial ! dit l'infirmière, quand elle comprend qu'on ne vient pas pour moi. Et puis à Kevin : Mais tu es pâle comme un linge, toi.

Je laisse Kevin, tout blanc, entre les draps blancs. Il a du mal à respirer, il tousse, sûrement ces irritants bronchiques.

Kevin Roset et Wendy Perrin ont rendez-vous du côté des toilettes.

– Tant pis si tu es une racaille, je veux sortir avec toi, lui dit-elle.

– Pourquoi ? demande-t-il, un peu tremblant.

– Parce que tu es gentil, répond-elle en passant ses doigts dans ses cheveux tout blancs, tout doux et tout pourris.

Ça craint, pour une racaille.

Un couple, c'est comme un binôme. Kevin Roset est allé chez Wendy Perrin, oui, dans sa chambre rose. Elle portait son jean à trous.

– Je sais... s'est-elle excusée, pour le rose.

Fini la bière et les chips au vinaigre, ils ont bu un lait-grenadine et mangé des cupcakes. Les cupcakes, un truc de normales. Puis elle lui a montré un DVD de ses spectacles de danse, tous ses spectacles depuis la maternelle. À chaque spectacle, Kevin Roset doit la désigner parmi les danseuses, et faire des compliments. Une fois, elle incarne un arbre parmi les arbres de la forêt, une autre fois, un zombie au pays des zombies, ou encore une sirène entre les sirènes au royaume de leur père Triton.

– Si tu t'ennuies, tu me le dis…

Kevin Roset n'a rien dit, il ne sait pas ce qu'il doit faire. Kevin Roset ne connaît rien à la vie de couple.

– Facile, lui dis-je, quand on est en couple, on va au ciné.

– Tu crois ?

Kevin Roset et Wendy Perrin sont allés voir *Deadpool*, un film de superhéros.

– Il est bien le film ? je demande à Wendy en SVT.

– Trop ! me répond mon binôme. Une histoire de superhéros qui, suite à une expérience horrible, devient un affreux mutant. Plutôt que de sauver le monde, comme les autres superhéros, il veut casser la figure du type qui l'a défiguré, retrouver sa belle gueule d'avant et sa meuf.

Meuf veut dire fiancée, en langage racaille, traduit Wendy.

– Le film est interdit aux moins de 12 ans, ajoute-t-elle.

– Ah ?

– À cause du contenu sexuel, précise Wendy Perrin.

J'ai raison d'avoir peur des filles.

Kevin Roset le confirme à la récré : il s'est bouché les

yeux tout le long du film, à cause du contenu sexuel, justement. Le pauvre est toujours aussi blême. Il n'a pas l'air plus heureux qu'autrefois, quand Wendy Perrin sortait avec Brad Meurisse. C'est l'amour qui fait ça ?

Kevin Roset s'assoit à tous les cours à côté de Wendy Perrin. À la cantine, ils déjeunent en tête à tête. Ils passent toutes les récrés ensemble, je mange deux goûters au lieu d'un : le sien et le mien. Et ils s'attendent à la sortie pour rentrer. J'ai perdu mon pote. Il n'est pas libre mercredi, ni le suivant. Je me demande bien ce qu'ils font tous les deux. Rien, avance Kevin Roset, ils ne font rien. Ils ne se racontent rien, non plus. Qu'est-ce que je pourrais bien avoir à dire ? me demande-t-il. Le couple, un truc de bolosses. Ah, si, ils sont allés à la tour et elle est montée tout en haut. Oui, là d'où l'on plane au-dessus de la ville, lovée dans un méandre de la rivière, quand les champs se déroulent jusqu'à l'horizon bleu firmament.

– Bon, mais tu veux toujours devenir populaire ? je lui demande, entre deux cours.

– Qu'est-ce que tu en penses ? me répond Roset, démotivé.

J'appelle Kevin pour lui dire qu'il va nous falloir de la bière et des chips.

– Comment ça ?

– Mes darons nous laissent la maison pour la teuf.

– Quoi ?

Kevin Roset avait oublié : la fête fait partie du plan qui doit nous rendre populaires. On invite tous les gens de la classe et même au-delà. Chaque fois que je croise quelqu'un, dans un couloir, dans le patio ou à la cantine, plutôt que de lui dire bonjour, je l'invite à ma fête.

– Fête de bolosse, ouais… râle quelqu'un.

– Il y aura des chips et de la bière, j'ajoute.

– De la bière ? Géniaaal !

Apparemment, les normaux aussi disent *génial*.

Le Philosophe adore l'idée, mais il doit demander la permission au principal. Ben oui, il est surveillant.

À la sortie, on file au supermarché avec les thunes de ma daronne, rayon boissons.

– Qu'est-ce qu'on prend comme bière ? me demande Kevin Roset.

On entasse cinq packs dans un caddie, direction la caisse automatique. Un vigile nous alpague (nous *arrête* en racaille) et nous désigne le règlement qui interdit de vendre de l'alcool aux moins de 18 ans. Pas de problème, lui dit Kevin Roset, en lui montrant les packs : de la bière sans alcool ! Évidemment, toute la bière qu'on a bue jusque-là était de la fausse bière. Oui, de la bière sans alcool. Pourquoi ? Eh bien, parce qu'on ne tient pas l'alcool. On est des bolosses. L'agent de sécurité réfléchit. Il va jusqu'à la première caisse poser la question à la caissière : a-t-on le droit d'acheter de l'alcool sans alcool quand on a moins de 18 ans ? La caissière fait une tête d'émoticône désolée, elle ne sait pas. L'agent revient vers nous, tête d'émoticône perplexe. Il se gratte le menton. Trop compliqué.

– Allez-y !

– Merci, m'sieur, on répond poliment, parce qu'on oublie tout le temps qu'on est des racailles.

– Et désolé, les gars, hein !

– Pas de problème, m'sieur.

Visiblement, lui aussi est trop poli.

Tout le monde parle de la fête. Ceux que je n'ai pas osé inviter viennent me voir pour savoir s'ils peuvent passer. Wendy Perrin est la plus excitée de toutes. Sa première teuf ! Jusque-là, elle n'a fait que des boums.

– T'as raison, les boums, ça craint, je lui dis (la vérité : si j'étais allé dans une boum, je serais normal).

Wendy Perrin veut faire une playlist. Est-ce qu'on connaît *Sugar*.

– Une chanson de Justin Bieber ? je demande.

– Justin est mort, espèce de bolosse, répond-elle en passant la main dans mes cheveux pour les décoiffer.

Wendy nous fait écouter *Sugar* sur son portable. Kevin Roset est tout rouge. *Sugar* veut dire *bébé*, en langage amoureux.

Ce qui se passe ensuite en choquera plus d'un, mais ça fait partie du plan. Kevin Roset aurait préféré ne pas le faire, mais il le doit. Il casse. Si, il casse avec Wendy Perrin. La mort dans l'âme (une expression de ma reum). Pour devenir populaire, il faut bien s'habiller, traîner en ville, sortir avec une fille moyennement populaire (Wendy Perrin) et… casser pour sortir avec la plus populaire (Vanille Beaufort). Wendy Perrin se met à pleurer.

– Tu ne peux pas faire ça, dit-elle en sanglotant. Je sors avec toi parce que tu es gentil.

Kevin Roset se contente de laisser tomber sa tête sur sa poitrine. Il lui dit qu'il est obligé de le faire. Oui, obligé.

– Elle est où la bière ?

Il est dix-huit heures quand les gens débarquent, je suis déjà claqué. Il y a là les normaux : Hugo Rohmer, Bilal Assaoui, Justin Berthelot, Marina Galland, Léa Sollers, Rachel Vaindieu. Et puis les populaires : Vanille Beaufort et sa bande, Chloé Delaballe, Nine Taratata. Éden Dupras et Brad Meurisse. Je n'ai jamais vu autant de bogosses dans si peu d'espace. Wendy Perrin ne viendra pas. Impossible de se rendre à une fête qu'organise son petit copain quand on a cassé, même si on en a très envie. Ça ne se fait pas.

– C'est beau chez toi ! me dit Marina Galland, une normale présentée plus haut.

Pour décrire la maison de mes darons, il vaut mieux faire une liste. Maman a récemment tout redécoré : un range-chaussures dans l'entrée pour mes baskets. Au salon : un tapis à poils longs, chaud et confortable, une étagère pour les cadres photo, une lampe originale posée sur la table, un lot de coussins brodés pour rajeunir le canapé, des peaux de mouton sur chacun des deux fauteuils, une plante verte dans un cache-pot, une série de photophores blancs et verts sur une table en bois, une petite coupe rouge, un miroir doré, classe et élégant. Dans la chambre des darons : un sticker fleur au mur, un minivase sur la commode, de nouveaux rideaux. Ainsi qu'un aquarium avec un poisson rouge que maman a rapporté hier du Super. Un pauvre poisson qui s'ennuie tout seul comme un bolosse. Dans ma chambre : une immense affiche, qui représente un pont de corde et de bois s'enfonçant dans le brouillard et dans la jungle.

Autant décrire la maison maintenant, parce qu'elle va beaucoup changer.

– Elle est là ! disent les uns, en entrant dans la cuisine.

– Quoi ? demandent les autres.

– La bière ! répondent les premiers.

– Cool ! s'exclament les autres.

– J'adore la bière ! dit quelqu'un.

– De la bière en pichet, ma bière préférée, commente un dernier.

Oui, Kevin Roset et moi, on a ouvert les cannettes et on en a transvasé le contenu dans des pichets. Pour que personne ne sache que la bière est sans alcool. Tout le monde boit. À même le pichet, pas besoin de verre. Au fur et à mesure, les gens se mettent à danser. Léa Sollers met en boucle un single : « Bébé, je suis si amoureux / Je ne sais pas où commencer / Je t'aime plus que tout / Les mots ne peuvent pas même effleurer ce qui se passe dans mon cœur / Quand je tente de l'expliquer, j'ai l'air d'un fou/Et je dis bébé, bébé, bébé, oh bébé, oh bébé, oh bébé, mon bébé. »

Quelqu'un demande si on peut bédave.

– Oui, on peut… dit quelqu'un d'autre.

– Qu'est-ce que tu as à bédave ? demande alors le premier au second.

Le second a l'idée d'essayer de fumer la plante de ma mère. Pour fumer une plante : piler la feuille la plus sèche et la rouler dans une autre feuille, allumer, aspirer la fumée. Raté. La plante, trop verte, refuse d'être pilée et ne s'allume pas non plus. Il y a des feuilles partout sur la moquette.

– Tu as une bouteille vide ? questionne Vanille Beaufort, escortée de Nine Taratata et de Chloé Delaballe.

– Pour quoi faire ? je me renseigne, en en rapportant une.

– Félix, tu joues avec nous ? demande Hugo Rohmer, en me l'arrachant des mains.

Pour le jeu de la bouteille, s'asseoir en rond sur la

moquette et faire tourner la bouteille au centre de ce cercle.

– Prem's… hurle Vanille Beaufort.

Quelqu'un qui n'a jamais joué veut connaître les règles du jeu : moi. Vanille Beaufort tente de me les expliquer. À cause du volume sonore de la maison, elle est obligée de hurler. Chloé Delaballe et Nine Taratata hurlent aussi, parce qu'elle explique mal. Ça craint, dit quelqu'un, après avoir entendu les règles. Un autre déclare qu'il n'est pas intéressé, se lève, sort du cercle et va voir ailleurs. La plupart rigolent nerveusement. Tout le monde continue à boire au pichet.

– Allez, à moi ! lance Vanille, en s'emparant de la bouteille vide et en la faisant tourner sur le tapis.

Trop tard pour quitter le cercle, je suis pris au piège.

Heureusement que la bière est fausse, parce que tout le monde a l'air plus ou moins soûl. Personne n'a rangé ses chaussures dans le range-chaussures, il y en a partout : sur le canapé, la télé, et même sur la table de la cuisine. Du monde partout aussi : dans la cuisine, dans les chambres à l'étage, dans les escaliers, jusque dans les toilettes ou à la salle de bains. La musique est à fond.

– Ça a sonné ! lance quelqu'un.

– Ah bon ? je dis.

Je n'ai rien entendu, à cause de la musique, justement : Bébé, j'aime ton style ou Bébé, reviens. Encore une chanson de bébé, des chansons sur les bébés, il y en a plein. Quelqu'un ouvre la porte. Jésus Morteau est derrière. Je cherche Kevin Roset du regard, on a complètement oublié qu'on devait le défoncer. D'habitude tout le monde a peur, aujourd'hui tout le monde est content de le voir. À cause de la bière ! Il se tient dans l'entrée, deux packs de douze cannettes à la main. Mon regard croise celui de Kevin Roset. Une bière bourrée d'alcool. Ben, oui, Morteau a au moins 18 ans. La fête va déborder, à coup sûr.

– Qu'est-ce qu'on peut faire ? articule Kevin Roset, paniqué.

– Comment ça ? je demande, dans le flou.

– Pour l'alcool !

Soudain, je pense à un truc et lui demande de tenir les gens à l'écart le temps que j'intervienne. Kevin Roset fait ce que je lui demande, il reste à la porte de la cuisine, façon vigile, et en condamne momentanément l'accès. Quand je ressors, je suis en mesure de le rassurer.

– C'est bon, je dis.

– T'es sûr ? s'inquiète-t-il.

Voilà, ça ne me fait pas plaisir de l'écrire, mais mon intervention n'a servi à rien, les gens sont maintenant complètement soûls. Comment je le sais ? Tous les bougeoirs sont allumés, les vases sont pleins d'eau ou de bière, quelqu'un boit dans la coupe rouge de ma mère, un autre dans son minivase. Par-dessus le canapé s'est déclarée une bataille de coussins brodés. Les nouveaux rideaux servent de capes, les cadres de bouclier. Brad Meurisse et Jésus Morteau se poursuivent à travers la maison, couverts de peaux de bête, et se regardent en passant dans le miroir doré : ils se trouvent classe et élégants. Bilal Assaoui parle à la fleur autocollante sur le mur de la chambre des darons. La maison est méconnaissable.

Retour au collège, lundi matin.

– Salut, Félix ! dit quelqu'un.

– Salut mec ! dit un autre.

– Trop cool, ta teuf, Félix…

– On se voit à la récré, Tomassin ?

J'ai l'impression d'entendre mon nom pour la première fois.

Autant que je le dise tout de suite : cette fois, Kevin Roset et moi, on est POPULAIRES ! Pas pour les raisons qu'on peut imaginer. Mon truc n'a pas marché, secouer une bière permet d'enlever les bulles et le gaz, pas l'alcool. Il me reste des choses à apprendre en chimie. La situation était à ce stade de la soirée devenue totalement incontrôlable. Je me suis réfugié dans ma chambre, anéanti : la musique à fond, les gens partout, le désordre général, et la cigarette que m'avait fait bédave Jésus Morteau… Je me suis allongé sur mon lit, face au pont de corde qui s'enfonçait dans la jungle et le brouillard. Rien n'aurait pu me ramener au salon, à la lumière, à la vie. Je voulais reposer en paix. Je progressais sur le chemin de corde vers le sommeil et l'oubli quand Kevin Roset a enfoncé la porte, en panique.

– Le poisson rouge ! suffoquait-il.

Tête d'émoticône dévastée. Puis, les mains sur les joues.

– Il faut que ça s'arrête, a-t-il déclaré.

Et il a décroché le téléphone.

– On ne peut pas faire ça… ai-je tenté de le retenir.

– Allô ? Allô, la police ? Je vous appelle pour vous dire qu'il y a une fête chez mes voisins qui empêche tout le quartier de dormir.

Il a donné l'adresse et a raccroché.

Tant pis, on resterait des bolosses.

Cinq minutes plus tard, un véhicule se garait devant la maison, sirènes hurlantes, arrosant la maison de lumières bleues. On aurait cru qu'une soucoupe volante venait de se poser dans le jardin. Des types en uniforme sont sortis de la voiture. Ils étaient trois. Roset et moi, on regardait depuis le premier étage, hébétés.

– Les keufs ! a hurlé Morteau, en bas.

Ils ont sonné. On est descendus. Quelqu'un a ouvert.

– Han ! ont hurlé filles et garçons, comme s'ils voyaient des extraterrestres.

Les policiers ont demandé qui habitait là, puis ils ont relevé nos identités, noms, prénoms, coordonnées téléphoniques, et ont appelé nos darons, les uns après les autres. Sauf ceux de Morteau qui avait filé par la porte de derrière.

– Super ! ont simplement dit papa et maman, en découvrant le salon dévasté et l'aquarium vide dans leur chambre.

Ils étaient allés voir *Suicide Squad* au ciné, oui, un film de superhéros. Non, je ne sais pas s'ils ont aimé le film. On a dû se mettre à trois pour remettre la maison en ordre.

Au collège, tout le monde a trouvé ça excellent. Une teuf avec des keufs... Trop classe ! Ceux qui y étaient ont raconté à ceux qui n'y étaient pas. Une semaine plus tard, on ne parle encore que de ça. Nos noms à Kevin Roset et à moi circulent sans arrêt dans tout l'établissement. Personne ne peut plus nous ignorer.

– Cette fois on y est ! siffle mon pote.

– Je crois bien, je lui réponds, en tapant five.

Ça fait un drôle d'effet.

Kevin Roset ne veut pas me croire. Il ne veut pas croire ce qui s'est passé entre Vanille Beaufort et moi à la fête, au jeu de la bouteille.

– Et pourtant si ! j'insiste.

Pour jouer, s'asseoir en rond, faire tourner la bouteille sur elle-même jusqu'à ce qu'elle s'arrête et que le goulot désigne une des personnes dans le rond. La personne qui fait tourner la bouteille et celle qu'elle désigne doivent s'embrasser sur la bouche, au-dessus du tapis. Un simple smack. Au tour de la personne désignée de faire tourner la bouteille. Ça a été le tour de Bilal Assaoui, tout blanc, d'embrasser Rachel Vaindieu, toute rouge ; puis de Rachel Vaindieu, toute rouge, d'embrasser Hugo Rohmer, blanc et rouge ; puis de Hugo Rohmer, tout rose, d'embrasser Éden Dupras ; puis d'Éden Dupras d'embrasser Léa Sollers devant Rachel Vaindieu, toute verte (ben oui, elle est amoureuse de lui). À savoir : si la bouteille désigne trois fois les deux mêmes personnes, la troisième fois les deux vont au paradis. Le paradis est une pièce dans laquelle ils doivent s'isoler sept minutes. Voilà ce qui m'est arrivé. Je suis allé au paradis. Avec Vanille Beaufort. Je sais, ça fait bizarre. Mais ce que Kevin Roset refuse de croire, c'est qu'une fois dans la buanderie, entre la table à repasser et la machine à laver, Vanille Beaufort m'a embrassé. Pour de vrai. Pas un simple smack, mais un vrai baiser.

Mon premier baiser.

Vanille Beaufort voulait voir ce que ça faisait d'embrasser un bolosse. Elle a passé le reste du paradis à se plaindre : on ne savait pas ce que c'était que d'être populaire ! Tout le monde croyait qu'il n'y avait rien de mieux au monde. Mais s'ils étaient adorés, ils étaient également haïs. Les populaires passaient pour superficiels. On imaginait qu'elle ne s'intéressait qu'au maquillage, à Facebook et aux garçons. Si j'avais la chance d'avoir des amis qui m'aimaient pour ce que j'étais, pourquoi voulais-je changer ? Elle aurait rêvé être invisible. Quel bonheur d'être aimé pour soi et non pour ce qu'on représentait ! Elle était la cible de *haters* qui n'attendaient qu'une chose : qu'elle tombe de son trône et laisse la place libre. Mais elle ne leur ferait pas ce plaisir, ou il leur faudrait lui passer sur le corps.

Une chose est sûre, Vanille Beaufort ne sortira jamais avec Kevin Roset.

– Kevin qui ? a-t-elle gémi.

Elle ne voyait même pas de qui je voulais parler. Kevin Roset a accusé le coup, il avait cassé pour rien.

– Oh, Kev, qu'est-ce qu'il t'arrive ? demande Hugo Rohmer à Kevin Roset.

– T'as perdu ton look ? veut savoir Bilal Assaoui.

Kevin Roset est venu au collège sans crête ni rien. Adieu les fringues racailles, il a coupé ses cheveux pourris. Il s'en fout d'être populaire, il veut redevenir normal et sortir avec la fille.

– Qui ça ? je demande.

– Wendy Perrin, me rappelle-t-il.

Ben oui, qui d'autre ?

On a fini par y arriver. Après la respiration, la digestion est au programme de SVT.

– M'sieur, m'sieur ! je gémis, en me tenant le ventre.

– Vas-y, répond M. Duralex. Wendy, tu l'accompagnes ?

– Non, m'sieur, je ne suis pas d'accord, je vais tout manquer, se plaint Wendy Perrin, mon binôme.

Elle refuse de m'accompagner à l'infirmerie. Pourquoi ? Parce qu'elle ne veut rien rater de la dissection de la souris. Wendy Perrin veut fixer la petite bête sur le dos à l'aide d'épingles enfoncées obliquement dans les pattes. Elle veut faire une incision dans la peau de l'abdomen, au-dessus de l'orifice urinaire. Glisser la sonde en décollant la peau jusqu'au museau. Découper la peau. La décoller, la rabattre vers l'extérieur, fixer avec des épingles. Observer les vaisseaux sanguins, les muscles, les glandes salivaires. Wendy Perrin veut faire une seconde incision, dans la paroi de l'abdomen. Introduire une sonde jusqu'à la pointe du sternum et découper les muscles. Observer le cœur, le foie, les intestins.

Elle a gagné. Quelqu'un d'autre se porte volontaire pour m'accompagner : Marina Galland. Elle adore les souris et les rongeurs, en général, et ne comprend pas qu'on sacrifie un animal pour ce seul bilan :

« Les aliments consommés progressent dans le tube digestif en passant par la bouche, puis l'œsophage, l'estomac et l'intestin grêle. Les aliments non digérés sont éliminés à l'extérieur de l'organisme par le gros intestin. »

On le recopiera sur le cahier de Kevin Roset. *On* ?

Oui, Marina Galland est restée avec moi à l'infirmerie, dans le lit jumeau du mien. Elle a passé l'heure à pleurer la jolie souris, ses pattes menues et son museau pointu à douces moustaches.

Une vraie bolosse.

Wendy Perrin a enfin accepté de rencontrer Kevin Roset. Elle s'assoit à notre table à la cantine et écoute ce qu'il a à lui dire en avalant ses macaronis au fromage fondu et gluant. Quand il a fini, elle le remercie, mais lui confirme doucement qu'elle ne peut pas. Elle ne peut pas re-sortir avec lui, parce qu'elle… elle est avec un autre, à présent. Kevin Roset abandonne ses macaronis au surveillant, dit le Philosophe, dit aussi le Zombie, parce qu'il bouffe tout ce qui est sur son chemin. La sonnerie marque la fin de l'entretien. Wendy Perrin attaque son œuf dur mayonnaise. Elle garde toujours l'entrée pour la fin. On lui demande pourquoi, elle ne sait pas. Comme ça.

M. Duralex enfile des gants de latex bleus, ça n'annonce rien de bon.

– Jusqu'à la fin du XVIIIe siècle, dit-il, les gens croyaient que la digestion était le résultat d'un processus mécanique : les dents broyaient, les muscles des viscères malaxaient et trituraient les aliments jusqu'à les réduire en bouillie. Mais deux biologistes, le Français Réaumur et l'Italien Spallanzani, ont fait observer que certains animaux comme les oiseaux, qui n'avaient ni dents ni muscles, parvenaient pourtant eux aussi à transformer leurs aliments en bouillie. Ils pensaient que le liquide contenu dans leur estomac pouvait peut-être dissoudre les aliments et ont fait quelques expériences que nous allons refaire aujourd'hui ensemble.

Je le savais.

Le prof ajuste ses gants et plonge ses mains bleues dans un sachet de plastique posé sur la paillasse.

– J'ai apporté ici un estomac de lapin… que je vais maintenant ouvrir devant vous.

Je jette un regard inquiet à Marina Galland, mon nouveau binôme. Une idée de Wendy Perrin, qui en avait assez de moi. Elle est avec Hugo Rohmer maintenant.

– Observez avec moi ! lance M. Duralex, au comble de l'excitation ou de l'exaltation. L'estomac se compose d'une partie molle et d'une partie dure. Nous allons ouvrir la molle et la vider sur un tissu. Je vais en presser à présent le contenu pour en récupérer le liquide.

Oh non, pourquoi ?

M. Duralex remplit ensuite deux tubes à essai du liquide qu'il vient de recueillir, pour procéder à deux expériences avec deux types d'aliments différents. D'un côté, il a préparé quelques lamelles de poulet et en glisse deux ou trois dans le premier tube. De l'autre, des miettes de pain, qu'il plonge dans le second tube. Puis il entrepose les tubes près d'une source de chaleur. Dans trois jours, nous pourrons observer si le liquide stomacal a eu un effet sur les aliments qu'il y a laissés.

– Mmmh, fait quelqu'un.

Maintenant, je vois à quoi ressemble un cocktail chelou.

Trois jours ont passé. M. Duralex vide d'abord le second tube, celui qui contient la mie de pain.

– Bien, on voit très clairement que le liquide de l'estomac a eu un effet sur le pain puisqu'il n'en reste… rien, annonce-t-il, tête d'émoticône satisfaite. Vérifions maintenant si ce liquide a eu un effet quelconque sur le… poulet !

Et il verse le contenu du second tube dans un second bol.

– Eh bien, là, contrairement à tout à l'heure, je constate qu'il reste quelques morceaux, mais aussi que le poulet s'est… dégradé. Il est devenu noir et se désagrège. Le liquide stomacal a donc un effet partiel sur la viande.

Je n'ai pas assisté à la fin de la séance, j'ai accompagné Marina Galland à l'infirmerie.

– Alors, les tourtereaux, nous accueille l'infirmière.

Tourtereaux? Des sortes de gros crabes, traduit Marina Galland.

Je reste les yeux sur le plafond. Impossible de penser à autre chose qu'à Spallanzani. Je ne sais pas pourquoi. Ou plutôt si, je sais. Il faut savoir que le biologiste italien a réalisé cette expérience en 1750, avec le liquide de son estomac à lui, en se faisant vomir. Pour que les tubes soient à bonne température, il les a gardés sous ses aisselles pendant trois jours. Tout ça pour ça : « Les aliments sont transformés et réduits en bouillie au cours de leur trajet dans le tube digestif. Les aliments deviennent alors des particules solubles. »

Marina Galland est allongée à côté de moi.

Seul son bras échappe au drap. Pareil pour moi.

Deux bolosses qui se tiennent la main.

À la cantine, il y a des cordons-bleus et des frites.

– Mais faites quelque chose de votre vie ! Vivez, bordel ! Je ne vous demande pas de ramper devant quelques coqs bruyants qui pataugent allègrement dans leur caca, mais de vous lever…

Les derniers temps, j'ai tendance à décrocher. J'ai d'ailleurs l'impression d'avoir déjà entendu ce passage. Mon regard se porte sur l'ensemble des élèves de Nicolas-Hulot, je les regarde avec un sentiment de familiarité, de sympathie, de camaraderie et d'affection.

– Alors que toi, m'interpelle le Philosophe, toi, l'impopulaire, le bolosse, tu as au moins le mérite de faire ce qu'il te plaît ! Tu as quelque chose que les autres n'ont pas : une personnalité. Dommage de gâcher ça.

– Il se répète, non ? je demande à Kevin Roset.

Kevin Roset s'en fout, il parle à quelqu'un d'autre.

– Et arrêtez de toujours chercher l'approbation des autres ! Ils n'ont aucune légitimité, aucun droit de nous juger. TU VIS, et ton existence est trop absurde et brève pour t'attarder sur ces détails. Elle n'appartient qu'à toi, et rien, que ce soit l'État, la famille, les amis, les gens autour de toi, n'a légitimement le droit de…

– Comment t'as trop raison, dit Marina Galland au Philosophe, en avalant une frite.

Marina est à notre table maintenant. Elle trouve le Philosophe passionnant. Wendy Perrin et Kevin Roset discutent à l'autre bout de la table. Elle a cassé avec Hugo Rohmer, mais Kevin ne doit pas s'emballer. Elle va prendre le temps de la réflexion. Une idée du Philosophe :

– T'es en cinquième, occupe-toi de choses de ton âge ! lui a-t-il suggéré.

– Ouais, mais si un mec me plaît, j'ai forcément envie de sortir avec lui, non ? a demandé Wendy.

– Justement, je ne vais pas te le cacher, ça me fait flipper que tu aies l'air de ne rien en avoir à foutre d'aimer ou pas, on a l'impression que tu veux juste sortir avec quelqu'un.

Ça l'a fait réfléchir, depuis elle ne sort plus avec personne. Elle attend de voir.

Kevin Roset aussi attend.

– Félix, je fais une teuf samedi, tu viens ?

– D'accord, Brad, je demande à ma reum.

Vanille Beaufort a raison, on ne devient pas populaire quand on ne l'est pas. En revanche, on peut peut-être devenir un bolosse populaire.

– On rentre ensemble, Félix ?

– Pas de problème, je réponds à Hugo Rohmer.

Marina Galland le dit mieux que moi : « Moi, j'ai de vrais amis, je ne fais pas semblant, je m'amuse et je suis une boloss. Où est le problème ? »

Elle écrit *boloss* sans *e*.

– Toi, une boloss ? Tu veux rire, je lui réponds.

Je sais. On n'a pas défoncé Jésus Morteau. Haha. On en rigole parfois avec Kevin, mon ami, mon pote. Défoncer Morteau ? Il faudrait être fous. Et puis, nous, on l'aime bien Jésus. Un vrai bolosse, comme nous. Il est venu nous voir pour faire son mea culpa, comme il dit. Il regrettait d'avoir avalé le poisson rouge. Haha.

– Pas grave ! l'ai-je tout de suite rassuré.

Le poisson était en plastique.

Et, comme preuve d'amitié, je lui ai donné ma crème pour l'acné, celle que j'ai fabriquée avec ma boîte de chimie. Il n'a pas 18 ans, mais 16, l'âge des boutons et de la puberté. Les bières, il les a eues au Super, il connaît bien les filles. Ouèche.

– Une pyjama party ? me demande papa quand je lui demande si je peux aller à celle de Kevin Roset.

Pour une pyjama party, je voyais des pizzas dans des cartons et des sodas, ainsi que quelques activités. Je pensais qu'on allait fabriquer du fromage qui pue ou un nuage envahisseur. Mais rien de tout ça, on ne fait que parler, en se gavant de boules coco et de guimauve. Hugo Rohmer est le plus bavard d'entre nous. Mais Bilal Assaoui n'est pas loin derrière. Il vient de m'apprendre un truc. Il paraît que *felix* veut dire content ou heureux en latin. Justin Berthelot a confirmé. Jésus Morteau regrette de ne pas avoir fait de latin, il se demande s'il ne pourrait pas le prendre en option au cas où il triple sa troisième. Il n'a pas très envie d'aller au lycée, il aime trop le collège.

– C'est clair, approuve Kevin Roset.

On voit bien que Kevin n'est pas avec nous, il a la tête ailleurs. Il continue d'attendre.

Mme Perdrix, l'infirmière, se plaint de moins me voir.

– Tu sais, il suffit peut-être de croire que tu es cool pour que les autres te trouvent cool… m'a-t-elle dit la dernière fois.

Les adultes sont gentils, ils aiment bien qu'il y ait une morale, de vrais bolosses.

Du même auteur à *l'école des loisirs*

Collection MÉDIUM

Je hais le théâtre
Zélia change de look
Dieu roule pour moi

Collection NEUF

J'aime mon meilleur ami
qui aime ma meilleure amie